L'Appel du Vent

Lucas Pasquet

L'Appel du Vent

© 2020, Lucas Pasquet

Édition : BoD – Books on Demand
12/14 rond-point des Champs-Elysées, 75008 Paris
Impression : BoD – Books on Demand, Norderstedt, Allemagne

ISBN : 9782322257683

Dépôt légal : novembre 2020

*Pour tous les êtres qui nous étaient chers,
qui gardent à jamais une place précieuse
dans notre cœur...*

Cette histoire ainsi que ses personnages demeurent purement fictifs. Toute ressemblance avec des personnes ou des évènements de la réalité serait fortuite.

Sur ce, bonne lecture !

Prologue :
18 Juillet

« Le jour où tout commença... »

Il faisait chaud ce jour là. A vrai dire, la température correspondait à la période estivale. Cela ne dérangeait guère les gamins qui jouaient au basket dans le vieux parc du village. Les rayons du soleil perçaient à travers les branches des arbres, et dessinaient leurs formes sur le goudron du terrain. A cela se mélangeaient les ombres trépidantes des adolescents qui se passaient la balle en zigzaguant. Ils étaient tous torses nus, et l'on voyait à la sueur qui ruisselait sur leur peau qu'ils jouaient depuis plus d'une heure.

A cet instant, le silence régnait. L'immobilité des joueurs traduisait leur concentration sur le jeu. Vers le milieu du terrain se tenait Jonas, plus droit et plus sérieux que ses camarades. Il était également plus calme, et semblait déconnecté du reste du monde à ce moment-ci. Face au panier, il se préparait à tirer.

Le garçon ferma alors les yeux quelques secondes, le temps de reprendre son souffle… puis s'élança. Lorsqu'il se mettait à courir en direction du panier de basket, c'était l'adrénaline et la tension qui s'emparaient de son corps. Elles le domptaient jusqu'au bout de sa traversée comme des énergies conseillères. Ce n'était qu'à quelques pas de l'arceau que ses bras prenaient ensuite le contrôle pour lancer la balle.

Le regard de chaque joueur se tournait alors vers le ciel. Le ballon cachait un infime instant la lumière éclatante du soleil. Puis, lorsqu'enfin il rentrait à l'intérieur du panier (c'est-à-dire souvent avec Jonas), les exclamations des autres se faisaient généralement bruyantes, avant de laisser rapidement place aux bavardages.

Dans ce match, certains comme Thomas acclamaient Jonas, tandis que d'autres comme Théo dans l'équipe adverse, râlaient leur défaite. Enfin, le match reprenait. Alors, les ombres recommençaient à se mélanger tout comme les cris et les bruits de course.

C'était ainsi qu'ils vivaient tous leurs grandes vacances. En s'amusant comme l'aurait fait n'importe quels adolescents. Sauf que pour cette bande d'amis, c'était le basket qui primait sur les jeux vidéo, ou n'importe quelle autre activité d'intérieur. C'était sous le regard de cette végétation, dont ces fameux chênes réputés les plus grands de la région, qu'ils se disputaient la balle chaque après-midi depuis la fin des cours.

Lorsqu'il fut décidé que ce match était terminé, les gamins s'assirent au pied du panier, tous essoufflés.
« C'était un bon match. » commenta Sam.

— Parle pour toi ! lui lança Noah. T'avais Jonas dans ton équipe !

Celui-ci ne les écoutait guère et préférait rêvasser en observant les nuages.

— Et alors ? Il ne représente pas l'équipe à lui tout seul, rétorqua Sam d'une voix timide.

— Reconnais qu'il la porte quand même pas mal sur

ses épaules, dit gentiment Thomas.

S'apercevant que tout le monde le regardait, Jonas baissa les yeux avant d'ajouter :

— Non, Sam a raison.

Ce dernier rougit comme s'il se sentait honoré.

— Une équipe c'est une équipe, continua t-il, et si elle gagne c'est qu'elle l'a mérité. Ce n'est pas grâce à une seule personne, mais grâce à tous ses membres qui ont contribué à la victoire. Et malgré le poste que j'occupe, si vous n'étiez pas là pour m'épauler je ne pourrais pas marquer. C'est la logique du travail d'équipe les mecs…

Un petit silence s'installa comme si chacun analysait ce discours.

Quentin sembla vouloir rompre rapidement cette ambiance sérieuse :

— Quel poète celui là ! lança t-il en rigolant.

Sous cette remarque, Jonas détourna une nouvelle fois son regard, rougissant de timidité. Tous les autres riaient de cette taquinerie, mise à part Thomas, qui lui comme toujours regardait Jonas avec un doux sourire...

On pouvait donc distinguer des caractères très différents au sein de la « bande ». Il y avait d'abord Sam, un rebelle empli de sensibilité. Mais aussi Quentin, le petit plaisantin. Ou encore Noah, le bon vivant, un poil flemmard. Antoine le savant ! Théo le rigolo ! Et puis, il y avait aussi Thomas, qui lui était un beau rêveur, et Jonas un introverti au grand coeur… Ils ne se connaissaient pas tous depuis longtemps, mais ils s'entendaient bien. Le seul lien qui les unissait était leur passion commune pour le basket. Rien d'autre ne les associait véritablement. Mais cela suffisait. Même si parfois malheureusement, certains évènements pouvaient toujours entraîner des divisions.

Il était à peine dix huit heures lorsque cela commença vraiment. Le vent s'était mis brusquement à souffler. Plusieurs bourrasques inattendues emportèrent les t-shirts des garçons un peu partout. Ils coururent tous à travers le parc pour les récupérer. Dans cette soudaine agitation, le ciel bleu, lui, s'assombrissait, et les ombres harmonieuses, elles, disparaissaient. Une ambiance étrange s'installa alors sur la petite bourgade, comme si quelque chose d'anormal venait de se produire.

Puis, bientôt, tout ceci s'arrêta. La météo redevint clémente. Les garçons avaient eu le temps de récupérer et renfiler leurs vêtements. Ils s'étaient tous réunis, au centre du parc. Seul Thomas manquait. Ils supposèrent que vu l'étendue de l'aire, il avait eu la malchance de voir partir son t-shirt loin du centre. Cependant, au bout d'un certain temps, certains comme Noah commencèrent à s'inquiéter. Ils décidèrent de partir à sa recherche.

Théo était parti chercher du côté de la colline au bout du terrain, Antoine vers la forêt au nord, Sam du côté de la route au sud, Noah vers les champs à l'est... Jonas était le seul à ne pas être parti. Il devait garder la position pour voir si Thomas revenait. Mais plus le temps passait, plus il commençait à s'imaginer des abominations : une blessure grave, un kidnapping... Sans doute n'était-ce que sa nature anxieuse qui lui jouait des tours.

Le soleil commençait à décliner, et Thomas n'avait toujours pas été retrouvé. Les battements du cœur de Jonas se faisaient de plus en plus rapide, et ses sens s'aiguisaient de plus en plus eux aussi. Soudain, il entendit comme le bruit d'un craquement de branche derrière lui. Hésitant à se retourner, le garçon se laissa finalement tenter. Il se sentit alors soulagé lorsqu'il vit le visage souriant et chaleureux de Thomas.

— Bah où t'étais ? Les autres te cherchent ! lui lança Jonas.

— Ah désolé, j'avais entendu des bruits là-bas, il pointa son index en direction des champs, et ça m'intriguait.

— Et tu n'as pas croisé Noah par hasard?

— Bah non pourquoi ?

— Il est parti vers les champs pour te chercher.

— Il a dû changer de direction parce que je ne l'ai pas vu. D'ailleurs, ça ne m'étonnerait pas que ça soit à cause du vieux mec louche qui traînait par là.

— Un vieux mec louche ?

— Ouais, un vieux laiteux barbu avec des yeux super noirs. Le genre de gars à qui on n'a pas trop envie de dire bonjour si tu vois ce que je veux dire. Il faisait presque peur le mec !

— Ah ! Ah ! T'as bien trop d'imagination mon pote, pouffa Jonas.

— Ça doit être ça, rigola Thomas.

Ils rigolèrent tous deux puis restèrent un moment à se fixer. Aucun des deux ne voulait détourner le regard, mais plutôt continuer de lire dans les yeux de l'autre. La complicité qui unissait les deux amis était plus forte que toutes celles qu'ils partageaient avec les autres gosses de la bande. Ils pouvaient se parler et se comprendre mieux que personne. Il y avait quelque chose de très puissant entre eux. La solitude et le calme étaient leurs principaux points communs, ce qui les différenciait beaucoup du reste du groupe, qui (pour la plupart du moins) semblait plus s'accorder sur le dicton « Plus on est de fou, plus on rit » ! Or c'était justement cela qu'ils aimaient : se sentir différents. Une indépendance souvent mal vue, mais peu leur importait l'avis des autres. Leur individualisme était leur fierté. Cela avait toujours été le cas, depuis le jour où ils s'étaient rencontrés à la maternelle, et jusqu'à leurs treize ans, aujourd'hui.

Ce fut Thomas qui lâcha prise le premier, en regardant sur le côté du terrain. Il avait l'air surpris et Jonas lui demanda :

— Qu'est ce qu'il y a ?
— Où est passée la balle ?

Il regarda à son tour sans rien trouver non plus.

— Elle a dû être emportée par le vent. Tu veux qu'on aille la chercher ?
— Et pour les autres ? ajouta Thomas.
— Ils finiront bien par revenir. Allez viens !

Ils partirent donc à la recherche du ballon, dans l'espoir de le trouver rapidement, et ceci avant que la nuit ne tombe. Ils firent d'abord un large tour du terrain avant d'aller explorer plus loin vers la colline. Cette dernière n'était pas bien haute, mais devait tout de même s'étendre sur pas moins de deux mille mètres carrés. Les deux amis décidèrent ensuite de longer tout autour en bravant branches et hautes herbes, chacun de leur côté. Ils regardaient partout : dans les creux, les fossés,… Mais sans rien trouver. Jonas en vint même à grimper aux arbres, pour avoir une meilleure visibilité sur ce qui entourait les longues herbes pointues.

Enfin, alors qu'il regardait l'astre qui descendait dans ce magnifique ciel rose saumon, Jonas trouva ce qu'ils cherchaient. La balle orangée était tombée dans un fossé rempli de déchets, et était à présent recouverte de produits alimentaires moisis. Et puis, comme si ce cela ne suffisait pas, une nuée de moucherons vrombissants lui tournait autour. « Dégueulasse… » murmura le garçon avec un sérieux air de dégoût en la ramassant. Remontant le long de la pente, il appela Thomas pour lui dire qu'il avait retrouvé ce qu'ils étaient venus chercher. Jonas ne perçut aucune réponse. Il réessaya plusieurs fois avec toujours le même résultat. *Comme par hasard* s'était-il dit, *Il disparaît une seconde fois dans la même journée, et il croit vraiment me faire flipper* ? Il se mit tout même en quête de le chercher. Cependant, le temps le pressait car la nuit allait bientôt tomber, et il allait devoir rentrer chez lui…

Au bout de seulement deux minutes, il craqua. « Bon, c'est bon Thomas, c'est plus drôle là ! » dit-il. Et c'est précisément à ce moment-ci qu'il entendit comme le bruit d'une explosion à une centaine de mètres de lui. Il courut de suite dans la direction du bruit sans même songer au potentiel danger qu'il courait. Une étrange fumée marquait « l'explosion » près du versant est de la colline. Le dévalant à toute vitesse, il la localisa plus précisément à la limite des champs. Ce qu'il vit alors lui coupa le souffle.

La fumée s'arrêta net à son arrivée, laissant place à une énorme trace noire circulaire qui marquait l'herbe comme si elle avait été brûlée. Il ne comprit pourquoi sur le moment, mais Jonas eut comme l'envie de la toucher. Il s'agenouilla auprès d'elle et l'effleura du bout des doigts. Ce qu'il ressentit alors lui glaça le sang. Elle était si froide ! Un froid qui envahit son corps et lui évoqua une profonde tristesse. Un froid qui lui évoqua la mort. Comment se faisait-il qu'elle soit ainsi alors qu'elle venait d'être brûlée ? La question resta en suspens dans l'esprit du jeune homme, qui ne pensait plus qu'à une chose : où était Thomas ?

Il releva les yeux. Un petit objet bleu se trouvait à quelques pas de lui. En s'en approchant, il l'identifia comme étant un petit couteau de poche : celui de son ami. Thomas n'oubliait jamais ce couteau. Il le portait en permanence sur lui. Sous l'emprise de la peur et du chagrin, Jonas cria alors son nom aussi fort qu'il le put. Mais une nouvelle fois, son ami ne répondit pas. Tombant au pied du petit outil, il se mit à pleurer. Il frappa la terre de toutes ses forces en comprenant ce qui était arrivé. Thomas avait disparu.

Quand soudain, en relevant son visage triste, Jonas le vit. Thomas pleurait lui aussi, mais semblait comme irréel. Il avait pourtant une allure distincte et précise à ses yeux. Mais, il était si pâle… En à peine une fraction de seconde, le garçon cligna des yeux, et son ami disparut. Peut-être n'était ce qu'un rêve ? Ou bien un trouble de la vue ? Dans tous les cas, tout ce dont Jonas se rappelle nettement, c'est d'être tombé dans un profond sommeil, juste après avoir entendu ces deux mots : « Sauve-moi ».

Chapitre 1 :
3 Septembre

« Toutes les larmes de mon corps tombèrent dans l'obscurité... »

Le garçon se souvenait encore. Il n'avait pas arrêté d'y repenser pendant le reste de ses vacances. Il s'était remémoré sans arrêt le moment où le chef de la police l'avait réveillé, où la trace noire avait disparu, et où tous ses amis pleuraient près des voitures qui éclairaient la nuit. Le moment aussi où sa mère l'avait pris dans ses bras, et où son père lui avait adressé le sourire qui l'avait empêché de sombrer… C'était sans aucun doute l'un des pires moments de toute son existence. Et encore aujourd'hui, près de deux mois plus tard, le jour de la rentrée des nouveaux quatrièmes, le son des sirènes de police résonnait encore dans sa tête comme une chanson triste impossible à oublier…

Depuis ce terrible incident, de nombreux parents comme ceux de Quentin et Théo avaient décidé de quitter la petite ville désormais connue de tous. Pour ce qui l'en était des parents de Thomas, Jonas n'avait malheureusement pas eu la moindre nouvelle. Ils devaient très certainement être très occupés ces temps-ci. À faire sans cesse des allers-retours jusqu'au poste de police, pour voir si l'enquête avançait.

Quant à ceux de Jonas, ils souhaitaient que leur fils aille voir un psychologue. Chose qu'évidemment celui-ci rejetait. Il n'y avait pour lui qu'un seul remède efficace à tout cela : le fait pur et simple de revoir son ami. Chaque soir du reste des vacances, il avait par ailleurs tenté de l'appeler, mais jamais Thomas n'avait décroché. Alors, l'unique chose que le jeune homme supportait à présent était la solitude. Le fait de ne pas être dérangé et de ne pas communiquer avec autrui le détendait (ou un peu du moins). Il n'avait presque pas dit mot depuis la disparition de Thomas. Même pas à ses parents, qui eux tentaient tant bien que mal de le réconforter chaque jour.

Tout cela était devenu invivable pour lui. Jonas ne se sentait plus complet, comme il l'était auparavant avec Thomas. Il ne ressentait plus cette émotion si particulière qu'il pouvait avoir en sa présence. Cette petite étincelle de vie et de bonheur. Ce beau sourire qu'il aimait prendre lorsqu'il partageait des moments si complices avec lui.

De plus, il resongeait sans cesse aux mystérieuses paroles qu'il avait entendues ce jour là, le dix-huit juillet. Il l'avait bien raconté aux policiers mais ces derniers ne le croyaient pas. Ceux-ci avaient même expliqué à ses parents après l'interrogatoire qu'il devait être sous l'emprise d'un « très gros choc émotionnel » pour décrire de telles choses. Et le pire dans tout cela, c'est que même certains de ses amis l'avaient rejeté à cause de tout ce qu'il racontait. Seul restait Sam, qui venait le voir presque tous les jours pour savoir comment il allait. C'était d'ailleurs la seule présence que Jonas acceptait. Sam avait une façon de lui parler qui lui plaisait. Ses mots étaient comme apaisants.

Lorsqu'il le vit aujourd'hui, entouré des autres gosses, Jonas osa venir lui serrer la main, mais il fut le seul à recevoir cet honneur. Noah et Antoine lui lançaient des regards d'une froideur incomparable. Sam et Jonas, isolés du reste du groupe, regardèrent alors la pluie tomber sur l'arrêt de bus le temps que leur transport arrive. *Il y a bien autant d'eau que dans toutes mes larmes*, se dit Jonas en observant les gouttes d'eau s'écraser sur le sol.

Il avait tellement pleuré pendant ces deux longs mois. Pas devant Sam bien sûr, mais chaque soir avant de s'endormir, lorsqu'il repensait à Thomas. Il dormait peu. Ses nuits n'étaient que cauchemars. Des mauvais rêves lui rappelant le souvenir de l'instant où Thomas lui avait demandé son aide, où il lui avait demandé de le « sauver ». Mais qu'aurait-il bien pu faire pour lui porter secours ? Il s'était posé la question chaque jour (ou plutôt chaque nuit). Bien qu'au fond, il avait la nette impression que la réponse ne viendrait pas de lui.

Ainsi, toutefois, et en dépit son immense tristesse, le jeune homme restait convaincu d'une chose : Thomas était vivant. Il ressentait sa présence, loin de lui certes, mais il la ressentait. Son ami ne pouvait être mort. Quelque chose de mystérieux l'en persuadait.

Donc s'il pleurait, c'était pour la simple raison qu'il se sentait comme impuissant dans tout cela. Depuis le début de l'enquête menée par la police, aucune piste n'avait été trouvée. Même les incalculables rassemblements civils mis en place pour retrouver le disparu, n'avaient rien donné... Le jeune homme dépressif attendait donc encore et toujours avec une rude patience l'indice qui le mettrait sur la voie.

Evidemment ce matin, tous les regards étaient tournés vers Jonas, qui comme à son habitude ne s'occupait guère de ceux qui le fixaient. Il allait attendre que cela se passe, que ses premiers cours passent, que la journée entière se passe, puis allait retourner pleurer sur son lit comme chaque soir. Sa mère allait une fois de plus lui demander s'il avait besoin de quoique ce soit. Et il allait encore lui répondre implacablement « Non », avec le profond désir qu'on le laisse tranquille. Quand le bus arriva enfin, il monta dans les derniers, espérant voir Thomas arriver en retard comme il le faisait toujours. Au final il ne vit rien, et alla s'asseoir à côté de Sam en tentant de lui adresser un semblant de sourire.

Après avoir écouté de la musique (triste) tout le long du trajet jusqu'au collège, il descendit du bus toujours avec ses écouteurs. Préférant rester dans sa bulle avant de retomber dans l'ambiance agitée de ce lieu qu'il détestait tant. Il eut beaucoup de peine à rentrer dans l'enceinte du grand bâtiment. Il aurait préféré rester dehors sous la pluie et dans le froid, que de revoir tous ces visages qui connaissaient Thomas. Les regarder en face, leur parler de lui… Jonas n'était pas prêt pour ça. Sam passa alors un bras au dessus de ses épaules, et avec un sourire amical, l'obligea gentiment à entrer.

Dans le hall, le principal ainsi que tous les agents de la vie scolaire se tenaient sur une estrade pour rappeler la conduite à adopter, comme ils le faisaient chaque année. Bien sûr, ce ne fut pas la seule chose que le proviseur aborda pendant son discours. Et ce qui devait arriver, arriva.

A la fin des rappels sur le règlement intérieur, M.

Martin (c'était le nom du proviseur) annonça officiellement à l'ensemble des nouveaux 4e ce qui était arrivé cet été : « Et pour finir, avait il commencé, je voulais vous informer personnellement de ce qui est arrivé cet été. Un élève de notre établissement, très prometteur, Thomas Laurent, a été porté disparu durant les grandes vacances. Prenez donc bien garde en rentrant chez vous le s… » La seule écoute du nom de son ami donna des frissons à Jonas, et le fit fondre en larmes. Il courut immédiatement se réfugier aux toilettes. Bon nombre d'élèves se tournèrent dans sa direction avec des sursauts et des chuchotements. Seul Sam qui comprenait vraiment la tristesse de son ami, tenta de l'appeler. Mais évidemment Jonas ne répondit pas, et partit s'enfermer, noyer son chagrin.

 Une dizaine de minutes plus tard, alors qu'il séchait ses larmes, il entendit frapper à la porte du cabinet. Ce n'était pas de violents coups, signifiant qu'on lui ordonnait de sortir, mais plutôt de légères tapettes qui prouvaient que la personne derrière ne lui voulait aucun mal. Pourtant, lorsqu'il entendit la voix rocailleuse de M. Martin en personne l'appeler, Jonas s'inquiéta. Le proviseur tel qu'il le connaissait était un homme droit, et qui voulait à tout prix que les règles soient respectées. Il craignait donc la colère du grand homme s'il sortait.

 Après un court instant, le jeune homme ouvrit finalement la porte, se disant qu'aujourd'hui, il ne pourrait plus rien lui arriver de pire. Il s'attendit alors à de sérieuses réprimandes, ainsi qu'à l'annonce d'une punition sévère. Mais bien au contraire, M. Martin lui adressa un regard aimable et rassurant :

 — Allez, viens donc marcher avec moi, lui dit-il

calmement en lui tournant le dos.

Etonné de la douceur que M. Martin lui portait, Jonas ne résista pas et sortit des toilettes en compagnie de son interlocuteur.

— Je connais la raison de tes pleurs, continua t-il en le regardant dans les yeux cette fois, et sache que si tu as besoin d'en parler je suis tout disposé à en discuter avec toi.

Jonas le regarda à son tour. Il avait des cheveux roux en pétard et des yeux noisette qui lui rappelaient ceux de son ami.

— Néanmoins, je peux également comprendre que tu n'en ais pas envie. En as-tu envie, Jonas ?

— Désolé monsieur, mais pas vraiment. Ou en tout cas, pas maintenant. Vous comprenez, c'est encore un peu tôt, répondit le jeune homme d'une voix frêle.

— Oui, bien sûr. Malheureusement, il est bien plus facile de se souvenir que d'oublier dans ce genre de circonstances... Puis-je tout de même te donner un conseil ?

— Euh oui, si vous voulez.

— N'y pense plus. Je suis certain qu'on te l'a déjà répété maintes fois mais ce n'est pas bon d'y resonger en permanence. Cela te tourmente et te fais détester la vie. Tu ne crois pas qu'il faudrait plutôt songer à quelque chose de plus gai Jonas ?

— Sans doute que si monsieur, répondit-il.

— Donc au moindre sentiment négatif que tu ressens, je veux que tu viennes me voir. Tu as compris ? Sinon c'est moi qui viendrai te chercher.

Il acquiesça et M. Martin posa sa main sur son épaule.

— Allez viens, je t'accompagne dans ta nouvelle

classe. D'ailleurs, si je ne me trompe pas, tu as la chance de te retrouver avec ton ami Sam cette année ! dit-il en souriant.

Se laissant guider par le proviseur, Jonas eut comme un semblant de sourire pendant un instant, avant que celui-ci ne s'efface pour redevenir mélancolie. Malgré les belles paroles de M. Martin, il ne pouvait s'empêcher de repenser à cette tragédie. Pas après ce qu'il avait vu.

Chapitre 2 :
3 Novembre

*« Lorsque soudain,
Surgit une douce lumière. »*

Cette année, les journées au collège étaient différentes pour Jonas. Différentes dans le sens où tout était différent. Que ce soit dans les regards que tous lui adressaient, ou bien dans ses résultats scolaires en chute libre.

En effet, le garçon qui avait toujours été un élève plutôt doué, se laissait à présent aller sans réfléchir, comme si les enseignements qu'on lui inculquait lui étaient futiles. Et c'était justement ce qu'il pensait ! Car pour lui, plus rien n'avait d'importance. Il était tombé dans un vide si profond, qu'il lui arrivait maintenant de se questionner sur la nature même de la vie. Il se demandait si cette dernière valait vraiment la peine d'être vécue avec toutes les atrocités qu'on y trouvait. Encore plus si les mystères de ces atrocités n'étaient jamais résolus...

C'était ce genre de dilemme auquel il songeait de plus en plus ; que ce soit à la maison ou même en cours. Ils le déprimaient mais revenaient sans cesse comme s'ils lui étaient nécessaires. *Pourquoi ci, pourquoi ça...* se disait-il seulement parfois. *Pourquoi tout cela...*

Pourquoi tout cela est-il arrivé… Pourquoi ?

Plus les mois passaient, plus Jonas avait l'impression de devenir fou. Parfois, il se sentait même dans le besoin de murmurer cette petite phrase : *« Sauve moi. »*, comme pour se rappeler que son ami était encore en vie (ce qu'il sentait pourtant pertinemment). Ce n'était donc plus sa disparition qui le rongeait, mais le fait de ne rien savoir sur cette disparition. Et quand bien même s'il savait certaines choses, ces dernières ne l'aidaient guère, et ne faisaient au contraire qu'accentuer son mal être déjà insupportable...

En rentrant des cours ce vendredi là, Jonas était épuisé. Exténué, fatigué, agacé par sa journée d'école, mais aussi (et surtout) par le proviseur, qui encore aujourd'hui n'avait pas arrêté d'être sur son dos…

Effectivement, depuis la conversation qu'il avait eue avec Jonas en début d'année, M. Martin n'avait eu de cesse de demander au garçon comment il se sentait. Et cela à chaque occasion qui se présentait à lui, même les plus insignifiantes. Parfois, il venait en cours alors que Jonas rêvassait, et lui demandait de venir dans son bureau, sans clairement expliquer la raison au professeur de la classe. Dans ces moments-là, ils parlaient en face à face pendant de longues minutes, qui pouvaient sembler interminables pour Jonas.

C'était un triste rituel auquel le pauvre adolescent avait droit environ une fois par semaine (souvent le vendredi d'ailleurs). Il n'avait donc plus besoin d'un psychologue, puisqu'il avait déjà pire !

Sinon, en plus de « psy », le principal pouvait aussi faire office de garde du corps, en patrouillant de temps à autre dans la cour du collège, comme pour guetter le moindre signe négatif chez son protégé. C'était à la fois devenu quelque chose d'honteux et de pesant pour le jeune homme, qui lui n'avait absolument pas besoin de tout cela ! Il avait déjà bien assez de soucis en tête, et ce n'était pas le principal qui allait les lui résoudre.

Vers cinq heures trente de l'après-midi, lorsqu'il alla enfin se recoucher sur son lit comme il le faisait chaque soir, le garçon ferma les yeux. Sans même retirer son blouson, il resta affalé sur son matelas, la tête sous l'oreiller : coupé du monde. A cet instant, il n'entendait plus rien, ne voyait plus rien. Cela lui convenait à merveille, étant donné que la seule chose qu'il recherchait actuellement était son besoin quotidien de calme et de solitude. Le silence réussissait à apaiser son esprit, et l'isolation, elle, lui permettait de faire le point sur lui-même, ses émotions et ses pensées.

Néanmoins sa mère entra dans sa chambre quelques minutes plus tard, afin de lui demander s'il avait faim. Jonas ne répondit pas, et fit mine de dormir. Croyant innocemment à la supercherie de son fils, la mère s'approcha alors pour lui retirer délicatement son manteau, et lui rabattre doucement la couette sur lui. Elle avait un beau sourire qui traduisait la tendresse qu'elle éprouvait envers celui qu'elle aimait tant surnommer son «chéri» (chose qui bien sûr n'amusait Jonas en aucune façon). Toujours dans son jeu d'acteur endormi, il se laissa faire tout en montrant une certaine envie de rester couché, incitant ainsi sa pauvre mère à partir aussitôt.

Après cela, Jonas ferma réellement les yeux et commença à méditer. Son imagination travaillait en même temps qu'il se reposait. Les rêveries s'enchaînaient, ses bras et ses jambes se faisaient de plus en plus immobiles. Presque inconsciemment, il changea de posture pour se mettre dans une position plus confortable, et finit par s'endormir…

Cependant, le garçon ne se doutait point qu'il allait dormir aussi longtemps ! Il se réveilla soudain, en pleine nuit, après avoir dormi six bonnes heures environ. Il resta un moment figé avant de comprendre à quelle période de la journée il était. Puis, autre chose le pressa. Il avait la gorge sèche et les papilles de sa langue qui ne demandaient qu'une chose : manger ! Etant donné qu'il avait déjà refusé de le faire au goûter, ses parents n'avaient sans doute pas voulu le forcer à dîner. Sans trop réfléchir, il se leva donc de son lit, avant d'entreprendre le plus discret des voyages jusqu'à la cuisine.

Prenant bien soin de ne pas réveiller sa petite sœur dans la chambre voisine, il marcha à pas de loup sur le carrelage frais du couloir, en évitant tout contact avec un mur ou une porte. La pénombre et la fraîcheur qui marquaient la nuit l'atteignaient lui aussi, et maintes fois à cause du noir et des frissons, il manqua de trébucher sur une babiole ou de se cogner dans le coin d'un meuble. Heureusement, les quelques mètres qu'il eut à traverser ne lui posèrent aucun souci.

Lorsqu'enfin il arriva au niveau de la cuisine, une certaine pression s'empara de son être. Tournant la tête de tout côté, il chercha une potentielle présence dans la pièce. Il finit par expirer de soulagement après n'avoir rien décelé. Il redirigea alors son regard vers le placard, et s'apprêta à attraper quelque chose qui lui ferait plaisir.

Au moment où il allait ouvrir le battant de celui-ci, un étrange sifflement venu de l'extérieur de la maison lui parvint aux oreilles. Habitué aux balades nocturnes des jeunes adultes du quartier, Jonas ne paniqua pas. Mais il ne suffit que de quelques secondes pour que le petit sifflement ne se répète inexplicablement. Cette fois beaucoup plus distinct, et beaucoup plus proche. Le garçon avait presque l'impression que quelqu'un l'appelait en sifflant près de la porte d'entrée. Malgré sa panique, il jeta discrètement un coup d'oeil par la petite lunette floue de la porte, qui elle se trouvait à l'autre bout de la pièce. Puis, intrigué, ou plutôt comme étrangement attiré par ce qu'il y avait derrière l'entrée, Jonas s'approcha de la porte. Apeuré, il hésita. Puis le sifflement se répéta une troisième fois, et le garçon sentit sa main s'approcher d'elle-même vers la poignée, jusqu'à la saisir entièrement. Ce qui se déroula par la suite fut la plus incroyable des choses qu'il vécut. Sans même ouvrir la porte, Jonas découvrit qui l'appelait...

Chapitre 3 :
Dans la nuit du 3 au 4 Novembre

« Quand tout commence, les mystères eux, sont déjà là. »

Il y avait d'abord eu cette terrible et incroyable vague de froid sortie de nulle part. Elle avait réussi à saisir l'ensemble de son corps, puis était également parvenue à l'immobiliser. Sur l'instant, elle lui avait rappelé l'étrange sensation qu'il avait eu en touchant l'herbe morte le dix-huit juillet. Mais contrairement à cet évènement passé, Jonas ressentait cette fois-ci non pas de la tristesse, mais quelque chose de bien plus dérangeant. Quelque chose d'incompréhensible, qui lui faisait se sentir infiniment faible… Et qui le rendait surtout incapable d'ouvrir cette fichue porte !

Tentant de se débattre encore et encore, Jonas ne put toujours pas bouger ne serait-ce que le moindre petit doigt, tellement la force surnaturelle qui le dominait était puissante. Enragé, et ayant envie de crier pour appeler à l'aide, il fut pourtant rapidement calmé, lorsqu'il entendit les paroles douces et rassurantes qui suivirent : *« Ne te débat pas, c'est inutile… Essaie seulement de te détendre.»*. D'où venaient elles exactement ? De derrière lui ? De l'extérieur ? Ou bien seulement de sa tête ? Jonas n'en avait pas la moindre idée, mais il fit malgré tout ce qu'on lui conseillait. Etonnamment, il se sentit toute suite mieux après.

Toutefois, l'apaisement ne dura que peu de temps. Une nouvelle bourrasque bien plus affreuse que la précédente lui traversa soudainement le corps, comme un courant d'électricité. Elle était vraiment très violente. Fatiguant terriblement le pauvre jeune homme, et lui donnant curieusement envie… de fermer les yeux. Comme forcé, Jonas cloîtra ses paupières avec lourdeur. Un noir obscur lui cacha alors les quelques lumières qui éclairaient la nuit, avec un silence pesant à ses côtés.

Un long moment s'écoula avant que Jonas ne rouvre les yeux. Ce fut un vent rapide et troublant qui le réveilla. Il vit alors qu'en plus de l'avoir fait souffrir, le courant semblait également avoir pris possession de ses sens, jusqu'à modifier sa perception de la réalité…

Après avoir cligné des yeux maintes et maintes fois, Jonas finit par comprendre que le lieu dans lequel il se trouvait n'était plus le même. Ce mystérieux choc qu'on aurait pu qualifier de divin, le décrivait à présent au beau milieu d'une immense tornade blanchâtre. Paniquant en voyant la hauteur à laquelle il se trouvait, le garçon n'eut cette fois aucune gêne à hurler à l'aide. Rien ni personne ne semblait pouvoir l'y en empêcher.

Malheureusement, après plusieurs essais, il s'aperçut qu'aucun de ses proches ne semblait l'entendre. Comme si la tornade l'avait emporté très loin de chez lui. Toujours immobile et suspendu au dessus du vide, il tenta donc une approche plus posée et diplomate, en espérant que ce soit cette fois la même voix que toute à l'heure qui lui réponde :

— Que se passe t-il, s'il vous plaît ? C'est quoi tout ça, expliquez-moi, comment…

— *Tout va bien*, le rassura aussitôt la mystérieuse voix, qui elle-même paraissait venir d'une curieuse silhouette qui se dessinait au loin.

Jonas la vit et la fixa avec les forces qui lui restaient (pour tenter malgré tout de découvrir qui lui répondait avec autant d'apaisement). Ne pouvant ni bouger ni se rapprocher, il comprit uniquement que cette dernière semblait avancer progressivement dans sa direction...

Après un certain temps (qui parut encore une fois interminable pour Jonas), la tornade finit par disparaître, comme par magie, et sans le moindre dégât. Retrouvant d'emblée sa liberté de mobilité, le jeune homme sembla se réjouir de pouvoir recommencer à agiter gracieusement ses jambes et ses bras.

Il se vit ensuite redéposé sur le sol, grâce à un petit courant d'air agréable et délicat qui l'amena jusque dans une infinie clairière d'un blanc immaculé. A vrai dire tout était de la même couleur ici, que ce soit le ciel, les nuages, les arbres, ou même le sol, s'il en existait vraiment un. D'ailleurs, on ne voyait pas non plus le bout de la clairière, qui semblait s'étendre à perte de vue.

A force d'observer avec attention tout ce qui l'entourait, le jeune homme étourdi s'aperçut avec beaucoup de retard que son interlocuteur s'était nettement rapproché de lui. A présent, ils n'étaient plus qu'à quelques mètres l'un de l'autre.

En le découvrant de près, Jonas fut heurté en plein coeur par l'identité de l'être en question. Il eut même peine à respirer pendant un petit moment. Celui dont il avait tant rêvé depuis des mois était enfin face à lui. Celui qui l'avait tant fait pleurer était maintenant là. Thomas le regardait, un grand sourire aux lèvres, avec tout de même une petite larme ruisselante sur sa joue gauche. Seulement, il était aussi pâle que ce monde étrange. Son corps en était presque transparent. On aurait dit un fantôme.

Jonas aussi versa quelques larmes d'émotion lorsqu'il vit le visage chaleureux de son ami. Et malgré l'étrange état dans lequel ce dernier se trouvait, un puissant sentiment de soulagement envahi le cœur de notre héros. Après tout ce temps de dépression, il se sentait revivre. Ne sachant trop que faire, il voulut courir pour le prendre dans ses bras.

Or, à peine avait il effectué plus de trois enjambées qu'une barrière translucide apparut entre lui et Thomas, comme pour lui barrer la route. A la fois frustré et surpris devant ce nouveau phénomène surnaturel, le garçon tenta pourtant de ne pas trop s'attarder sur ce détail. C'est donc cette fois à quelques pas de Thomas qu'il bégaya à son attention :

— Thomas je... je..., cherchant par où il allait commencer, explique moi, que s'est il passé ?

— Tu as reçu mon appel, lui répondit-il d'un air étonnement serein. C'est un peu bizarre comme sensation c'est vrai, mais apparemment tu as quand même réussi à le percevoir, alors c'est le principal... Maintenant, je suppose qu'il y a beaucoup d'autres choses que tu dois trouver bizarres avec tout ça, non ?

Cette fois-ci, Jonas identifia correctement le timbre de la voix comme celui du Thomas qu'il connaissait bien.

Il avait bien remarqué que tout ce qui se passait depuis quelques minutes était tout à fait anormal et extraordinaire à la fois. Cependant, il ne voulait pas croire une seule seconde que tout cela n'était qu'un rêve.

— Non je te rassure, tout ce que tu vois ici existe réellement, répondit Thomas comme s'il avait lu dans ses pensées, et la seule différence qu'il y a entre ici et la réalité, continua t-il, c'est qu'ici nous sommes dans l'inverse de cette réalité. Ce que tu vois là, on l'appelle le cosmos des défunts.

Il avait dit cela d'une manière très sérieuse.

— Le « cosmos des défunts »… répéta Jonas déjà complètement abasourdi par ce qu'il venait d'entendre.

— Si tu préfères, c'est un peu comme la maison des morts ici, et ce que tu as en face de toi, ce n'est que mon âme, finit-il cette fois avec un air triste et gêné pour son ami.

— Mais comment… Comment peux tu me parler alors ? Tu es mort ? C'est impossible… rétorqua Jonas qui après s'être calmé, retrouvait à nouveau ses sentiments d'insécurité et de peur.

— Eh bien… Bizarrement non, le rassura Thomas encore une fois. Mais si tu veux vraiment savoir ce qui m'est arrivé et ce qui m'arrive en ce moment, laisse-moi te l'expliquer toute suite, parce que je ne suis pas sûr de pouvoir te parler très longtemps.

Après un léger hochement de tête de la part de Jonas, Thomas débuta son récit :

— Pendant l'été, une sorte de « portail » s'est ouvert entre notre monde et le cosmos des défunts. Et je sais que même si cela peut déjà te paraître fou, j'ai en plus été aspiré à l'intérieur de la réalité inverse. Maintenant ne me demande pas comment ni pourquoi, car je ne comprends toujours pas moi-même ce qui s'est réellement passé ce jour là. En fait, tout ce que je sais vraiment maintenant, c'est que je suis prisonnier ici, aux cotés des morts.

Il décrivit un arc de cercle autour de lui comme pour désigner le cosmos des défunts dans lequel il se trouvait.

— Et sans mon corps, poursuivit-il. Mais c'est justement pour ça que je t'appelle. Parce que je crois... Je crois qu'il existe peut-être un moyen pour que je puisse revenir dans le bon monde. Dans notre monde.

— Quoi ? Lequel ? s'empressa de demander Jonas avec excitation, joie et stress à la fois.

— J'ai entendu dire qu'il existait une chose. Un artefact permettant le retour des âmes prisonnières comme la mienne dans le Monde. On le nomme : l'Echangeur...

— Attends Thomas, l'interrompit Jonas, tu veux dire qu'il y a d'autres personnes comme toi ? Je veux dire, d'autres « prisonniers » ?

Thomas sembla hésiter avant de répondre. La question de Jonas parut le perturber.

— En vérité, dit-il, je n'en ai jamais vu d'autre... Mais j'imagine que oui, adjoint-il, la mâchoire crispée comme pour se rassurer et se prouver à lui-même que d'autres cas comme le sien existaient.

— D'accord, ce n'est pas grave si tu ne sais pas, le rassura Jonas. Continue.

— Si tout se passe bien, poursuivit Thomas toujours déstabilisé par la question précédente de son ami, tu devrais trouver l'Echangeur près du vieil étang dans les montagnes à l'est. Il apparaîtra normalement quelques minutes avant l'ouverture du portail, qui elle se déroulera au même endroit. Mais au moment où tout cela se passera, c'est-à-dire dans quatorze jours, et plus précisément à cinq heures du soir, il faudra absolument que tu sois là.

— Ne t'inquiète pas, je le serai, lui promit Jonas sans la moindre hésitation ni réflexion.

— Oui, mais ce n'est pas tout, continua Thomas toujours sérieux. Quand tu seras là-bas, moi je n'aurai qu'une petite heure à passer en dehors du portail avant de retourner dans le cosmos des défunts. Il faudra donc faire vite. Très vite.

Malgré toutes ces informations et contraintes que Thomas venait de lui expliquer, Jonas demeurait toujours aussi déterminé à le sauver.

— Je te promets que je réussirai, prononça t-il d'une voix plus solennelle cette fois-ci.

Après ces dernières paroles, plus aucun ne dit mot. De son côté, Jonas repensait déjà à toutes ces choses incroyables et inimaginables qu'il venait d'apprendre et dont il n'aurait jamais pu imaginer l'existence. Pour sa part, Thomas lui en profita pour communiquer la chose suivante à son ami, sous une forme de télépathie, et toujours avec un timbre de voix extrêmement délicat : « *Merci...* dit-il, *Tout ce temps, je n'ai jamais arrêté d'espérer tu sais... jamais arrêté d'espérer que tu pourrais me sauver.* », et c'est là qu'une nouvelle larme coula sur sa joue. Jonas le regarda intensément, comme pour le rassurer à son tour.

Le vent recommença alors subitement à souffler et le (faux) corps transparent de Thomas sembla se dissoudre à travers. Au même instant, Jonas eut comme une sorte de déclic dans sa tête. Avant que son ami ne disparaisse intégralement, il lui cria, en l'appelant de toutes ses forces :

— Thomas, attends ! Si le portail ne s'ouvre que dans quatorze jours, comment ça se fait que nous puissions déjà nous parler ?

Une question capitale venait d'être posée.

— Je te l'ai déjà dit Jonas : je t'ai appelé, lui répondit le fantôme avant d'ajouter : Tout cela se passe dans ta tête. Ce que tu vois n'est qu'une perception de ma pensée...

Et sur ce qui semblait être ses dernières paroles, Thomas regarda une ultime fois son ami avant de disparaître, comme s'il l'avait souhaité. La dernière phrase qu'il lui avait dite avait relancé tout un flot de questions dans l'esprit de Jonas. En courant inutilement de tous les côtés (sous le courant de l'émotion sans doute), pour chercher son ami avec pourtant aucune attente de le retrouver, il se heurta une nouvelle fois à la détestable barrière translucide.

— Thomas ! hurla-t-il une dernière fois en se relevant la voix pleine d'émotions et des larmes coulant frénétiquement sur ses joues, sois sûr que je te sauverai.

— *Je le sais*, lui répondit la voix de son ami devenue subitement aussi sifflante que le vent.

Après cette brève réponse, Jonas n'entendit bientôt plus qu'un léger écho du dialogue, purement présent dans sa tête...

Il ne suffit que d'une toute petite rafale d'air violente, ainsi que d'un léger clignement des yeux pour que le garçon ne soit comme reconnecté dans son environnement classique. Se réintégrant peu à peu dans l'ambiance silencieuse et paisible de la nuit, il remarqua que malgré ses hurlements, personne ne semblait avoir été réveillé. Il avait donc bel et bien la preuve que tout s'était passé dans sa tête. Son cerveau lui-même le lui confirmait d'une manière inconnue et étrange. Néanmoins, il avait aussi la certitude qu'une réalité opposée existait réellement.

Cela prit quelques minutes pour que le garçon se décide enfin à lâcher la poignée, et à aller se recoucher, sans même manger. Sans doute était-ce le fait d'avoir revu son ami qui l'avait revigoré. Ou bien l'autre fait de savoir qu'il allait bientôt pouvoir le sauver ? A vrai dire, il ne le savait pas lui même… Car à ce moment-ci, un bon nombre d'énigmes se bousculaient déjà dans la tête du garçon, et il allait très certainement passer une nuit blanche pour tenter d'y répondre. Une en particulier, l'interpellait plus que le reste : Que signifiait vraiment ce phénomène de « perception de pensée », que son ami avait évoqué ? Thomas pouvait-il lui en transmettre à sa guise ? D'autres personnes pouvaient elles aussi le faire ? Ne croyant plus à rien de véritablement réel, dans le sens ou la plupart des gens l'entendait, Jonas se laissa ainsi aller à diverses et étranges hypothèses…

Enfin, laquelle aurait été la bonne, le jeune homme ne voulait surtout pas garder pour lui seul ce qu'il venait de vivre. Il n'allait pas en informer la police bien sûr (elle le prendrait encore pour un fou et l'enverrait certainement à l'asile), mais allait obligatoirement en discuter dès le lendemain avec Sam et le reste de la bande. Il espérait d'ailleurs par avance, qu'Antoine et Noah (toujours assez distants avec lui) aient la gentillesse de l'écouter et peut être même, de l'aider…

C'est ainsi, en attendant cet instant délicat, que Jonas débuta ses longues réflexions, accompagnées des mélanges inhabituels d'émotions qu'il se mettait subitement à ressentir.

Chapitre 4 :
4 Novembre

« C'était si simple... »

Contrairement aux samedis de ces derniers mois, Jonas avait aujourd'hui décidé de se lever du bon pied, et ceci dès huit heures du matin ! Il ouvrit ses volets, fit son lit, s'habilla en vitesse et alla de suite préparer le petit déjeuner.

En effet, même s'il n'avait encore résolu aucun des mystères qui planaient sur les paroles de Thomas, Jonas se sentait aujourd'hui de meilleure humeur que d'habitude. Les évènements qu'il avait vécus avaient été si mystérieux, si émouvants, mais surtout si encourageants ! Ils lui avaient redonné une bonne dose d'optimisme. Ils lui avaient redonné de l'espoir.

Préparant le petit déjeuner en claquant les placards, tellement il était pressé, Jonas finit cette fois par réveiller toute sa famille. Ce fut d'abord sa jeune sœur qui vint le voir. Elle qui à l'inverse était de nature matinale, n'avait point l'habitude de trouver son frère levé à une heure pareille. Encore moins un samedi matin !

— Qu'est ce que tu fiches ? lui lança t-elle sèchement.

— J'avais faim, répondit seulement son frère avec une amabilité identique.

— T'aurais pu m'attendre au moins… soupira t-elle encore à moitié endormie.

Elle l'aida à mettre la table, et avec tout ce raffut, ce fut évidemment les parents qui furent ensuite tirés du lit. Le père, lui, apprécia le geste serviable de ses enfants. En revanche, la mère, elle qui aurait préféré rester au lit plus longtemps, râla son plaisir. Elle les remercia néanmoins quelques minutes plus tard, en dégustant ses viennoiseries, lorsqu'elle eut suffisamment émergé du sommeil profond dans lequel elle se trouvait.

Après avoir rapidement avalé son bol de céréales, ainsi que son verre de jus de fruit, Jonas se dépêcha de sortir de table en expliquant à ses parents qu'il avait prévu d'aller voir des copains ce matin. Très étonnés de ce subit enthousiasme venant de leur fils, ils ne prirent même pas la peine de réfléchir et lui donnèrent spontanément leur accord. En revanche, sa petite sœur, elle, lui lança un regard noir, du fait qu'il ne lui ait pas dévoilé toutes les raisons ce réveil peu ordinaire. En réponse à cela, Jonas la regarda avec un sourire enfantin, et lui tira la langue.

Il avait inconsciemment laissé agir son humanité en fissurant la coquille dure et froide dans laquelle il s'était enveloppé depuis de nombreux mois, et qui encore hier, était toujours bien présente autour de lui. Aussi, c'était assurément le fait de savoir que les jeux pour l'avenir de Thomas n'étaient pas encore faits, qui lui avait rendu tout son naturel. Maintenant, il ne restait plus qu'à poser les bonnes cartes pour le sauver…

Il était ainsi huit heures et quarante-cinq minutes lorsque Jonas envoya à chacun de ses amis le message suivant : « *Venez au parc, il s'est passé un truc hyper important !* ». Après cet envoi, le jeune homme se prépara donc pour partir, tout excité à l'idée de raconter à ses amis ce qu'il avait vécu durant la nuit ! Mais c'était sans compter sur le message qu'il reçut de Sam, une poignée de secondes plus tard : « *Attends un peu, je me réveille et j'arrive !* ». Dépité, Jonas soupira. Il fut pourtant forcé d'attendre que son ami se prépare avant de se rendre au vieux parc.

Pour s'occuper, il compta les minutes qui passaient en surfant sur le net, comme il ne l'avait pas fait depuis très longtemps. Dans les actualités qu'il parcourait, il vit un gros titre du journal régional qui évidemment, l'interpella : « L'ENFANT MAUDIT DEVIENT UNE PRIORITE », une photo de Thomas trônant en tête d'article. Lisant quelques paragraphes, il apprit la chose suivante : « *Après bientôt trois mois d'enquête sans aucune nouvelle piste, la police double ses équipes de recherches à travers la France.* ». Jonas lut cela d'un air pauvre, désespéré pour la police. Mais il s'était juré de ne rien leur dire et il ne le ferait jamais ! Après tout, eux aussi l'avaient rejeté lorsqu'il avait voulu leur raconter ce qu'il avait vu.

Parmi les autres articles de presse trouvés sur Internet, Jonas pouvait lire diverses choses qui le divertissaient toutes plus ou moins, telle que : « *L'arrivée d'un nouveau jeu vidéo FPS très attendu, prévue pour la mi-janvier !* », ou aussi dans un tout autre registre : « *Les premières neiges tombent enfin à moins de mille mètres dans les Alpes : bonne nouvelle pour les touristes !* », ou encore un nouveau témoignage sur les effets néfastes des réseaux sociaux chez les adolescents... Lorsqu'il se lassa de lire tout cela,

Jonas éteignit son portable, et décida finalement de partir au vieux parc pour attendre les autres là-bas.

Fermant son portail à clé, il se dirigea ensuite vers ce lieu qui le hantait. Beaucoup moins qu'avant c'est certain, mais le fait de s'y retrouver lui provoquait quelques frissons. Il fallait savoir que sa maison ne se situait pourtant qu'à une centaine de pas du parc. Notre héros ne tarda donc pas à y arriver…

Le grand lotissement dans lequel il habitait comptait près de la moitié de la population du village qui en comprenait deux mille au total. Il était également celui qui était le plus éloigné du bourg et des commerces. On y trouvait par conséquent l'ambiance calme et paisible d'une nature sauvage et isolée. Sauvage dans le sens où le petit bois qui entourait le lotissement abritait divers animaux cachés : des écureuils, des renards etc. Toutefois, on en voyait de moins en moins ces temps-ci. La plupart commençait déjà à se terrer dans leur repaire à l'approche fulgurante de l'hiver.

La fraîcheur avait d'ailleurs forcé Jonas à sortir une doudoune pour se couvrir ce matin, ce qu'il détestait terriblement. Il avait beau être né en janvier, le jeune homme n'aimait guère le froid et appréciait beaucoup plus la chaleur de l'été, ainsi que le fait de courir torse nu sur le terrain de basket. Chose qu'il n'avait pas refaite depuis la disparition de Thomas.

Alors, remarquer sur ce vieux terrain gris qu'il n'avait pas foulé depuis l'été, lui fit l'effet d'un petit choc. A l'identique de Jonas jusqu'à cette nuit, il semblait triste et livide, vidé de ses occupants. Délaissé des basketteurs qui s'y étaient tant amusés durant la période estivale.

Un ballon qui traînait par terre près du panier attira l'attention de Jonas. Le garçon le saisit instinctivement et fit semblant de chercher autour de lui comme s'il appartenait à quelqu'un. Il ne vit évidemment personne et retira sa doudoune pour jouer un peu. Faisant d'abord passer la balle entre ses jambes plusieurs fois en reculant, il se réadapta progressivement à un sport qu'il n'avait plus pratiqué depuis longtemps. Quand il se jugea près, il tira en direction de l'arceau rouge avec une fine dextérité. Sans doute peu motivé, il loupa pourtant son tir. Devant son échec, il soupira et se dit : *il faudrait vraiment que je m'entraîne à l'occasion...* En revanche, la personne qui elle se tenait près du panier, eut la motivation suffisante pour rattraper le ballon. Les fines mèches châtaines de Noah retombaient sur ses yeux anthracite, mais ne l'empêchaient pas de voir l'air réjoui de son ami.

— C'est bien tu souris maintenant ! lança t-il à Jonas d'un ton taquin en lui relançant la balle.

Jonas ne répondit pas et reprit son air froid, sans lui dire merci pour la balle qu'il venait de réceptionner.

— Oh, c'est bon, je te taquine ! Pourquoi tu m'as appelé ?

— Attends les autres et tu verras, répondit Jonas en marmonnant et retentant un essai vers le panier.

— C'est bon, on est là et on attend aussi ! l'interpella Antoine, qui venait d'arriver de la colline en compagnie de Sam.

À la vue de cette subite arrivée, Jonas se sentit soudain gêné. Il ne savait finalement pas par où commencer. C'est vrai, comment raconter ce genre d'expérience, aussi surprenante et invraisemblable ? Il n'y avait point pensé. Enfin, ce n'était pas maintenant qu'il allait faire le muet et ne rien leur dire ! Après tout, il ne s'agissait que d'une « simple » explication, qui elle pourrait permettre quelque chose de bien plus grand.

En voyant ses amis s'impatienter, il récupéra alors le ballon et se lança sans réfléchir.

Chapitre 5 :
4 Novembre

«... Puis, c'est devenu plus compliqué ! »

— Bon voilà, avait-il commencé en repensant à son aventure nocturne, il s'est passé quelque chose de vraiment très bizarre… quelque chose d'inimaginable, au sujet de Thomas.

A peine avait-il prononcé son nom qu'Antoine commençait déjà à soupirer d'exaspération. Face à cet irrespect, Sam lui donna un vilain coup de coude qui le fit taire aussitôt. De son côté, Noah avait commencé à écouter son ami avec une certaine attention, bien que paraissant légèrement triste et fatigué d'entendre encore parler de cette histoire.

— Hier, reprit Jonas, je me suis réveillé en pleine nuit, et vu que je n'avais rien mangé en rentrant des cours, j'ai décidé d'aller grignoter un truc avant de me recoucher. Mais quand j'allais ouvrir la porte du garde-manger, j'ai entendu un bruit étrange. C'était un sifflement qui avait l'air de venir de l'extérieur de ma maison, et plus précisément de ma porte d'entrée. Vous me direz, j'ai l'habitude des mecs bourrés qui font du bruit à cette heure-là, près de chez-moi ! Mais cette fois-ci c'était différent. On aurait vraiment dit que quelqu'un m'appelait en sifflant. Je suis allé voir ce qui se passait sans trop réfléchir, et à partir de là tout est devenu fou... J'avais juste mis ma main autour de la poignée, et après je ne sais pas trop ce qui s'est passé, mais c'est comme si elle m'avait envoyé un grand souffle froid, et m'avait paralysé en même temps. Après cela, elle s'est calmée mais un courant d'air encore plus puissant est arrivé ! Cette fois, il était violent et beaucoup plus difficile à supporter. C'était vraiment surréaliste. Je ne savais même pas que ce genre de chose pouvait exister. D'ailleurs, je ne sais toujours pas si ça le peut réellement... Enfin après...

Jonas stoppa sa phrase un instant.

— Après ? répéta Antoine qui semblait s'impatienter malgré de sérieux doutes sur ce que Jonas racontait.

— Après... reprit le garçon, hésitant comme s'il ressentait une sensation de malaise, j'ai fermé les yeux et quand je les ai rouverts, tout autour de moi avait changé. Et quand je dis « changé », je veux carrément dire que je n'étais plus au même endroit ! Je me trouvais au beau milieu d'une tornade immense et toute blanche. Je flottais dans le vide, comme par magie, mais bien sûr j'étais toujours paralysé. Je suis resté comme ça longtemps, jusqu'au moment où elle est venue me déposer d'elle-même dans une sorte de grande plaine. C'est là que je l'ai vu. Il était face à moi.

Derrière les regards émus des trois garçons se distinguait avant tout leur désarroi face à ce récit fantastique. Antoine recommença alors à soupirer profondément, avec cette fois personne pour le retenir.

— Bon, Jonas, lui lança t-il très sérieusement, je suis désolé de te le dire, mais ton histoire n'a vraiment aucun sens. Et si t'as vraiment cru que ce que tu as vu était réel, encore désolé mon pote mais tu te trompes. Les coups de vent qui change la perception de la réalité, ça n'existe pas ! Et aux dernières nouvelles, les évènements surnaturels non plus !

— Je te jure que ça s'est vraiment passé ! s'écria Jonas. J'ai l'habitude de faire pleins de rêves en ce moment avec tout ça, mais là c'était différent !

— Ah oui ? Alors comment tu expliques que tout ça ce soit passé uniquement dans ta tête, hein ? répliqua Antoine d'une voix cinglante, ce qui fit taire le pauvre Jonas. Jo', quand on ferme les yeux, on peut voir tout ce qu'on veut !

Devant l'air toujours aussi sûr de Jonas, Antoine ajouta cette fois avec plus de dureté :

— Attends, je crois que je t'apprends rien là quand même ? Tu perds la boule ou quoi ? Donc maintenant t'arrête de faire chier, et tu redescends sur terre avant d'aller raconter tes putains de rêves à tout le monde !

Enragé cette fois contre les propos de son ami, Jonas faillit se jeter sur Antoine, mais Sam parvint à le retenir juste avant qu'il ne porte le moindre coup.

— Calme toi mec ! lui dit-il en le repoussant posément.

Reculant, Jonas parvint à se contenir, tout en gardant un regard noir sur Antoine.

Un nouveau sentiment de désespoir l'envahit alors subitement. Que devait-il faire pour persuader ses amis de la vérité ? Continuer de leur raconter la suite de l'histoire, même si elle leur paraissait invraisemblable ? Non, ce n'était pas la bonne solution. Peut-être qu'ils le prenaient déjà tous pour un fou, alors autant ne pas poursuivre.

Restant à l'écart du groupe, le jeune homme s'accroupit par terre, la tête entre les cuisses, et attendit avec tourments l'arrivée d'une solution miraculeuse face à ce malheureux problème. Voyant qu'elle ne venait pas, il finit lui-même par soupirer. Face à cette situation emplie de malaise, les trois autres garçons eux restèrent en plan, se demandant s'il fallait mieux laisser Jonas seul ou non.

Somme toute, Noah brisa le silence, et ajouta d'un air doux :

— Tu sais Jo', dit-il les yeux sensibles, même si on n'a pas été très sympa avec toi ces derniers temps, je pense qu'on aimerait tous croire ce que tu dis ici. Mais si t'as pas de preuve, comment tu veux qu'on te comprenne...

Effectivement, des preuves Jonas n'en avait pas. Et les paroles de Noah ne faisaient que renforcer son abattement...

C'est alors, à l'instant où tout semblait perdu, et où tous ses amis étaient sur le point de s'en aller, que le jeune homme vit miraculeusement sa preuve arriver. Elle lui avait été offerte par un simple son ; une simple « perception ». Il crut d'abord n'entendre qu'un léger sifflement dans sa tête, identique à celui qu'il avait entendu près de la porte la veille. Puis, presque aussitôt, à travers ce mystérieux bruit, naquirent des paroles. Le garçon distingua alors une voix d'homme, frêle, sérieuse et âgée à la fois. *« Donne leur ton bras ! Donne leur ton bras ! Montre leur la vérité ! »* lui disait elle avec une stridence similaire à celle d'un vent soufflant. En l'écoutant, Jonas se sentit avant toute chose, complètement abasourdi. Et même s'il comprenait très bien le message qu'on lui transmettait, il s'interrogeait. Qui pouvait bien lui transmettre une nouvelle perception ?

Ne sachant trop que faire pour persuader ses amis de la vérité, Jonas tenta donc le tout pour le tout, et les rappela avant de tendre son bras droit vers eux, comme lui suggérait la voix inconnue.

— Qu'est ce que tu fais ? lui demanda Noah surpris par l'action de son ami.

— Je vous montre toute la vérité, répondit l'autre en répétant les paroles de la voix (et avec une confiance qui l'étonnait lui-même).

A ce moment-ci, son ami Sam, qui n'avait presque pas parlé depuis le début de la rencontre, voulut à tout prix comprendre. Il n'aimait pas que son ami soit perçu comme un menteur. Alors sans trop réfléchir, il s'approcha de Jonas et saisit son bras sans la moindre hésitation.

En l'observant, Jonas le vit alors ressentir la même sensation de souffle brut que lui la veille. Le vent commença soudainement à souffler sur le vieux parc. Sam lui-même ferma les yeux tellement la force qui le saisissait était puissante. Ebahis devant ce spectacle inouï, Noah et Antoine furent eux aussi comme paralysés, ne sachant que choisir entre peur et fascination.

Le garçon semblait découvrir quelque chose que Jonas lui transmettait par la pensée. Sans le moindre doute, celui-ci devinait que c'était la même « vision », la même « perception » que lui la nuit passée. Il le savait, sans même voir de lui-même la scène qui se déroulait dans la tête de son fidèle ami. Les traits de son visage passant par toutes les expressions, Sam vit donc à son tour la vérité sur le terrible sort de Thomas.

Curieux, Antoine s'approcha de la scène pour observer de plus près un Sam tout tremblant, comme s'il essayait de se détacher du bras de Jonas. Ce dernier aussi n'en croyait pas ses yeux. Il se découvrait avec étonnement, l'étrange faculté de faire percevoir ses pensées aux gens qui l'entouraient.

C'est ainsi que Sam, avec ses paupières toujours fermés, put d'abord observer la violente tornade blanchâtre, puis la clairière irréelle toute aussi blanche, ainsi que le soi-disant fantôme cristallin de Thomas. Il eut lui aussi l'air de ne pas tout comprendre aisément. De temps à autre, il grimaçait. Enfin, il apprit à son tour la solution à la fois miraculeuse et périlleuse que proposait son ami prisonnier, en affichant cette fois un petit sourire d'espoir.

Lorsque la transmission fut finie, le jeune homme lâcha subitement le bras de son ami, à bout de souffle, et manquant de tomber à terre. Reprenant ses esprits, il rouvrit d'abord les yeux, et ne bougea plus pendant une vingtaine de secondes. Il regarda ensuite Noah et Antoine, en hochant la tête. C'était un message clair pour les deux garçons : Jonas disait vrai.

— Comment fais tu cela ? lui demanda t-il en redirigeant son regard vers Jonas, à la fois effrayé et impressionné.

— Je n'en ai aucune idée, répondit-il presque à bout de souffle lui aussi. Je… J'ai eu l'intuition que je devais le faire, c'est tout, mentit-il pour ne pas s'apporter davantage de questions auxquelles il ne pourrait répondre.

— Et tu l'avais déjà fait avant ? renchérit Sam.

— Non, c'est la première fois, lui apprit Jonas sur un ton mélangeant fierté et étonnement.

— C'est absolument extraordinaire... déclara alors son ami avec admiration.

Jonas sourit.

Un long moment de calme suivit. Chacun resta encore bouche bée devant ce qui venait de se passer. La curiosité finit cependant par rattraper l'un d'entre eux :

— Moi aussi j'aimerais bien voir ce que Sam a vu ! réclama Antoine à l'attention de Jonas. Si ça ne te dérange pas bien sûr, et pour me prouver que ce que tu racontes n'est pas que du charabia !

— Tu ne seras pas déçu, ajouta aussitôt le premier testeur.

Le « transmetteur de pensées » le laissa alors saisir son même bras, et il se déroula, sans réel étonnement, le même rituel qu'avec Sam. Le vent qui s'était calmé recommença à souffler, et cette fois-ci même les nuages furent aimantés au dessus du parc, à la limite de l'orage.

La transmission dura le même temps que la fois précédente. Après avoir compris la vérité à son tour, Antoine, savant comme il était, alla sans plus attendre se trouver un petit coin pour réfléchir à tout cela tranquillement. N'ayant exprimé presque aucune émotion durant l'expérience, pour ne pas trop faire valoir son échec intellectuel auprès de Jonas, il n'en demeurait pas moins particulièrement affecté. Ayant ressenti tantôt la sensation d'un choc, tantôt l'émotion d'un véritable soulagement.

Lorsque ce fut son tour, Noah fut le plus méfiant de

tous. Car malgré sa douceur et sa gentillesse, il restait toujours le même garçon, réticent quant à toutes sortes d'essais risqués. Par précaution, il voulu d'abord effleurer le poignet de son ami du bout des doigts, comme pour appréhender ce que cela allait lui faire ressentir pleinement. Mais bien sûr, la vague de vent glacial eut raison de lui, et le paralysa avant même de le submerger. Il fut alors lui aussi transporté à travers les pensées incroyables de Jonas.

Pendant qu'il découvrait avec stupéfaction toutes les choses que les autres savaient déjà, Sam et Antoine eux se remettaient encore de leurs émotions. Ils réfléchissaient tous deux à d'éventuelles réponses aux questionnements improbables qu'ils se sentaient obligés de clarifier. Evidemment, Jonas aussi songeait à ce qui se passait à l'intérieur de lui. Il avait perçu les pensées de Thomas, et maintenant c'était lui qui en envoyait aux autres. Il était donc comme un point de connexion entre tous ces phénomènes étranges. Pouvant percevoir et rendre perceptible n'importe laquelle de ses visions qu'il recevait (et ressentait). Mais pourquoi lui ? Pourquoi lui seul pouvait-il accomplir tout ceci ?

Lorsque Noah eut enfin terminé son tour, le calme revint sur le vieux parc. Après être revenu à lui, le jeune homme se mit à fixer Jonas, avec un regard qui encore une fois voulait traduire maintes émotions : regret, remerciement, étonnement,… Il alla ensuite rejoindre le reste de la bande, qui elle était toujours plongée dans des pensées dénuées de sens (même si, en vérité, ils étaient plus concentrés à se remettre du choc qu'ils venaient de vivre, que de réfléchir aux divers mystères qui se présentaient à eux).

Antoine, fatigué par ce silence, finit par demander au révélateur de tous ces faits s'il n'avait rien ressenti d'autre que la perception de la veille. Jonas remua sa tête de gauche à droite pour lui indiquer une réponse négative. Il ajouta toutefois :

— Le jour où Thomas a disparu, je me rappelle effectivement avoir ressenti quelque chose. Une sensation de froid... et de tristesse. Je l'ai sentie en touchant l'herbe brûlée.

Antoine regarda alors dans la direction des champs où Thomas avait disparu. Il hocha brièvement la tête du côté de Jonas pour le remercier, et retourna à ses spéculations.

Un long silence continua de régner sur le parc pendant près d'un quart heure (jusqu'à ce que les cloches aient sonné dix heures). Puis, Sam se leva et formula d'un ton timide :

— En tout cas, on te croit maintenant, dit-il d'abord à l'attention Jonas avant d'observer Noah et Antoine qui eux approuvèrent aussitôt. Et on fera bien sûr tout ce qui est notre possible pour t'aider à sauver Thomas. Parce qu'il ne faut pas oublier qu'il est avant tout un ami pour nous tous.

Cette fois-ci, Noah répliqua :

— Je suis d'accord avec toi, mais je préfère qu'on mette les choses au clair toute suite ! Ce... Voyage que Thomas nous demande d'accomplir, avouez qu'il est quasi-impossible ! Comment on va faire pour se rendre jusqu'à cet « Echangeur » d'ailleurs ? On va y aller en train ?

— C'est sûr que ça nous aiderait beaucoup, compléta Jonas, mais pour arriver à trouver un train il faudrait d'abord : qu'on réussisse à trouver un trajet avec des horaires qui nous permette de nous rendre à destination, ensuite un moyen d'acheter des billets, et celui de se rendre à la gare en passant par les villes incognito... En gros, c'est impossible.

— Oui c'est bien ce que je me disais aussi, bougonna Noah.

Rabaissant leurs yeux vers le sol, les deux garçons attendirent que d'autres prennent la parole.

— Avant de réfléchir au moyen de voyager, adjoint Antoine de manière encore plus pessimiste, il faudrait déjà savoir où se trouve ce « vieil étang ». Parce qu'il y en a plusieurs des « chaînes de montagnes à l'est », et avec elles, des milliers d'endroits où il pourrait se trouver.

Il est vrai qu'avec toute l'euphorie qu'il avait eu en revoyant Thomas, Jonas n'avait point songé à cela.

— C'est peut-être un endroit qui est, proposa Sam avant de se reprendre, ou plutôt qui était familier à Thomas.

Après cette judicieuse hypothèse venue du gentil timide, tout le monde sembla creuser dans ses méninges pour dénicher une idée de lieu correspondant.

— Dans ce cas, déclara soudainement Noah comme s'il s'était réveillé de ses bougonnements en un instant, c'est sûrement l'étang à côté duquel on est parti en vacances il y a deux ans lui et moi. Oui, ça me revient maintenant ! « Le vieil étang », c'est comme ça qu'on l'appelait, parce qu'il se trouvait près de la maison de retraite du village !

— Et où est-il ce village ? demanda Antoine qui croyait déjà pouvoir crier victoire.

— Quelque part en Savoie je crois… répondit Noah d'une manière plutôt incertaine.

Pendant que son ami réfléchissait, Jonas entendit de nouveau la mystérieuse voix dans sa tête : *« En Haute-savoie, dans un petit cirque reculé, au sud de la frontière Suisse… ».* Dès qu'il eut compris le message, le garçon ne perdit pas la moindre seconde et répéta devant ses semblables :

— En Haute-savoie, dans un petit cirque, près de la frontière Suisse ?

— Oui c'est ça ! s'écria Noah. Je ne me rappelle plus du nom exact de la ville, mais je me souviens qu'elle était à moitié encerclée par des montagnes proches de la Suisse. Mais comment tu l'as deviné ?

Ne voulant pas utiliser une seconde fois l'excuse de l'« intuition », Jonas préféra simplement répondre :

— Je crois que Thomas m'en avait parlé une fois.

Après avoir appris cette précieuse information (d'une manière quelque peu suspecte), Antoine alla marcher du côté du panier pour calculer quelque chose.

— A quoi tu penses ? lui demanda Noah presque aussitôt.

En se frottant le front de sa main droite, il répondit à l'attention du groupe :

— Approximativement, puisque on ne connaît pas le nom exact de la ville où se trouve l'étang, si on part chercher cet « Echangeur » là-bas… à pieds… et de manière à y être dans quinze jours… il faudrait partir… dès demain !

Son annonce sembla surprendre Noah.

— Quoi ? s'exclama t-il. T'es en train de nous dire qu'en plus de devoir marcher à pieds jusqu'en Suisse, ça prendra quatorze jours ? Attendez les gars, c'est pas que je ne veux pas croyez moi, mais vous êtes vraiment sûrs que c'est possible ?

— On n'en sait rien mais t'as quand même intérêt à venir avec nous ! lui ordonna Sam d'un ton sec. Péteux va...

Tandis que les autres rigolaient avec amusement de cette petite réprimande, Noah lui affichait comme souvent une mine boudeuse et mignonne à la fois, ce qui le faisait passer pour le bouc émissaire. Pour sa part, Sam se sentait presque gêné d'avoir « lancé ce pic » publiquement. Il en rougissait...

Bientôt, tout le monde regarda Jonas, qui lui déclara fièrement, avec un air redevenu optimiste :

— Ceux qui sont d'accord pour m'accompagner dans ce long voyage, (même s'il savait très bien que tout le monde l'accompagnerait), je nous donne rendez-vous demain, ici, à l'aube. Parce que comme l'a dit Antoine, si on veut avoir une chance d'atteindre le cirque à temps, mieux vaut partir le plus tôt possible. Il faudra donc qu'on s'arrange chacun de notre côté pour emmener le nécessaire à quatorze jours de voyage à pieds. De la nourriture, des sacs de couchage etc. Alors, finit-il fièrement en tendant sa main devant lui, qui est avec moi ?

Sam, lui montrant une allégeance sans faille, accomplit le geste symbolique de poser sa main sur la sienne en premier. Rapidement rejoint par Antoine, il attendit comme tous les autres que Noah complète le cercle. Et c'est avec un petit sourire de détermination (sentiment rare chez le tendre paresseux), que ce dernier pris la décision d'achever la ronde. Toutes les mains se levèrent alors vers le ciel. Avec elles partit un profond message d'espoir. Un message destiné à Thomas, qui peut-être, les observait depuis l'autre monde…

Chapitre 6 :
4 Novembre

« De belles retrouvailles
pour un adieu. »

Vers midi, lorsque Jonas rentra enfin chez lui après que cette longue réunion de bande ait eu lieu, le soleil était à son apogée, culminant au plus haut du ciel et éblouissant les yeux rayonnants que le garçon possédait. Chaque fois qu'un rayon passait au travers de ses iris, aussi vertes que des feuilles de printemps, l'innocence de l'enfance qu'il avait perdue semblait ressurgir. C'était du moins une chose que sa mère lui disait souvent. Elle lui expliquait que lorsque cela arrivait, son regard semblait redevenir identique à celui de l'époque où il n'était encore qu'un bambin. Un simple éclat dans l'œil suffisait à rappeler son âme d'enfant...

Pourtant, tous savaient que l'enfance avait déjà quitté le jeune homme aujourd'hui grand. A vrai dire, tellement grand qu'il avait déjà quelques traits d'adulte. Entre autre, il dépassait sa mère d'une demi tête, et il ne lui manquait plus qu'une dizaine de centimètres pour qu'il égale son père, qui lui mesurait autour des un mètre soixante-quinze.

Mais ce n'était pas tout ! Jonas, qui ne manquait pas d'intelligence, était également un garçon plutôt mature pour son âge. On aurait pu dire, par exemple, que ses critères de décision étaient généralement différents de ceux utilisés par les autres adolescents. Ou bien encore, que son sens de la réflexion était lui le plus souvent composé d'un ordre de compassion, en opposition à cette forme de logique individualiste que la plupart des autres s'accordaient à utiliser. « L'égoïsme » ou « la lâcheté », en d'autres termes. Toutefois, en dépit de tout cela, il demeurait toujours ce que ces aînés aimaient tant appeler « un gamin »…

En ouvrant la porte d'entrée de la maison, il annonça son retour à sa famille, qui elle était déjà sensiblement occupée à la préparation du repas. Ce fut l'odeur des frites grésillantes dans l'huile, au parfum si distinct, qui le lui indiqua. Sa mère, qui paraissait les surveiller dans un coin de la cuisine, le salua de loin en lui adressant son plus beau sourire. Cherchant maintenant son père, Jonas le trouva bientôt en train de faire griller la viande de bœuf sur le barbecue installé dehors.

Histoire de se distraire un peu, Jonas décida d'aller le voir pour discuter. Mais avant tout, il alla déposer son ample doudoune qu'il portait toujours sous son bras, se disant finalement qu'elle lui avait été inutile. La température avait tellement augmenté entre l'heure où il était parti et le midi actuel ! Au point même où ses parents ne décident de cuisiner à l'extérieur.

— Alors, ils vont bien tes potes ? lui demanda aussitôt son père en le voyant arriver vers lui.

— Euh… oui, oui ça va plutôt bien, répondit Jonas sans prendre la peine d'ajouter plus de détails.

— Et toi, ça va ? adjoint le père d'une voix hésitante, très loin de la rauque qu'il prenait en temps normal.

Enfin, je veux dire, ça m'a l'air d'aller mieux, non ?

L'hésitation que prit aussi Jonas avant de répondre sembla déranger le père qui crut avoir posé une question encore sensible.

— On peut dire ça, répondit-il finalement en le rassurant avec un sourire doux.

Le paternel fut de suite soulagé.

Après quelques retournements de viande sur la grille, il déclara :

— Je suis vraiment fier de toi Jonas. Et j'espère vraiment que dorénavant, tout ira pour le mieux.

Un seul regard entre le père et le fils parut rétablir une totale sérénité.

Quelques minutes plus tard, durant lesquelles chacun apprécia la compagnie de l'autre, le père demanda :

— Est-ce que ça t'embêterait de surveiller les morceaux de viande deux ou trois minutes Champion ? Juste le temps que j'aille discuter avec ta mère.

Cela faisait si longtemps qu'il ne l'avait pas appelé comme ça.

— Vas-y, je te couvre ! répondit le garçon en rigolant.

Toujours avec un large sourire aux lèvres, le père partit en ébouriffant les tendres cheveux blonds de son fils.

Lorsqu'il revint, l'heure de passer à table arriva avec lui, et Jonas commença à mettre la viande dans un plat pour l'apporter à l'intérieur. Sa famille l'attendait déjà, et tous semblaient impatients de goûter à ces mets appétissants préparés en toute harmonie. Toutefois, lorsque le garçon déposa le plat de viande sur la table, sa mère remarqua une étrange rougeur sur son bras.

— Mon chéri ça va ? Tu t'es brûlé avec la viande ?

lui dit-elle effarée.

— Maman, pour la dernière fois je ne suis pas ton « Chéri » ! répliqua d'abord Jonas avec un air de mécontentement, avant de diriger son regard vers son bras.

Là, il remarqua avec stupéfaction les étranges rougeurs qui se trouvaient sur son avant-bras droit. Il ne les avait lui-même pas vues et pourtant elles devaient être là depuis au moins deux bonnes heures.

Tout semblait en effet indiquer que c'était les marques de transmissions de pensées. Lorsque ses trois amis s'étaient agrippés chacun leur tour à son bras, une force avait certainement dû le saisir lui aussi. Et la force de leurs propres énergies avait dû puiser dans ses ressources vitales. Son bras n'était pas seulement rouge à certains endroits. Il était aussi plus maigre, et plus court…

— Oui ça doit être ça, répondit il à sa mère. Mais ne t'inquiètes pas, j'ai pas mal !

— Tu es sûr qu'il ne faudrait pas un peu de glace ? renchérit-elle.

— Non, non, vraiment je t'assure, j'en ai pas besoin.

Sur cette dernière réponse, sa mère se tut en souhaitant seulement un « Bon appétit » à l'ensemble de la table.

Pendant qu'ils savouraient tous cette délicieuse viande rouge avec son lot de frites tout aussi succulentes, c'est un autre sujet qui vint rapidement s'installer à table.

— C'est sûr que de chaleur on n'en manque pas ! déclara le père de Jonas. C'est même étonnant qu'on puisse encore faire des barbecues à ce moment de l'année. On est quand même en novembre !

— Et dire qu'avant-hier, on avait déjà commencé les soupes… marmonna la petite sœur en croquant deux frites à la fois.

Jonas hésita avant d'ajouter avec une pointe d'humour :

— C'est vrai… On ne pas dire qu'elles sont terribles en plus…

— Quoi ? s'insurgea sa mère avec humour elle aussi. Mes soupes aux potirons faites maison ne sont pas bonnes ?

— C'est vrai qu'il faut dire… ajouta cette fois le père sans finir sa phrase, ce qui fit rire toute la table.

— Oh ! s'indigna cette fois la mère avec un regard surpris. Toi aussi tu ne me soutiens pas ! Très bien, et bien dans ce cas, il n'y aura plus de soupes aux potirons… Mais plus de frites non plus !

La petite sœur, naïve, toujours en train de s'empiffrer de frites, harcela sa mère pour que cela ne se produise pas, pendant que les deux hommes eux rigolaient en face d'elles.

Le repas continua ainsi dans la rigolade et la bonne humeur. Une ambiance qu'on aurait pu qualifier d'outre temps. La joie de la vie de famille. La pureté et l'innocence que tous semblaient retrouver. Du moins, pour quelques temps…

L'après-midi vint assez vite, toujours en gardant ce temps étonnamment ensoleillé. Sans doute était-ce le réchauffement climatique qui déréglait le temps de cette journée d'automne, pensait Jonas. Ou bien, tout autrement, un signe mystique que la journée paisible qu'il vivait était la dernière avant un long moment. Bon, il est vrai que la première supposition semblait largement plus probable...

Observant avec agacement les marques toujours présentes sur son bras, le jeune homme songea à ne plus transmettre quoique ce soit à ses amis. Après tout, mise à part la perception de pensée d'hier, il n'avait plus besoin de le faire. Pourquoi en transmettre d'avantage ? D'ailleurs, qui sait ? Peut-être même que ses amis avaient eu accès à bien d'autres choses... Il décida de ne plus s'adonner à ce genre d'activité. Car concernant les seules pensées qu'il gardait pour lui, Jonas espérait pour ainsi dire, n'avoir jamais à les exprimer. Alors oui, à cet instant il était un parfait égoïste. Mais qu'est ce qu'un adolescent ne ferait pas pour cacher ce genre de chose...

Enfin, au lieu de réfléchir à tout cela, le jeune homme décida de profiter des derniers moments qu'il lui restait à passer avec sa famille avant de partir. Il est vrai que ses parents ne semblaient pas vraiment s'être posés de questions sur le pourquoi du comment il allait mieux. Et c'était sûrement mieux comme cela. Lui allait ainsi pouvoir vivre sans le moindre souci. Vivre normalement lorsque tout cela serait fini. Vivre, tout simplement...

Mais que pouvait on véritablement appeler la vie ? N'était-ce pas communément cette chose dans laquelle on se doit de profiter un maximum ? Ou bien au contraire, une torture que l'on doit obligatoirement subir ? Ce que Jonas savait maintenant, c'est qu'elle était les deux à la fois. Par ailleurs, la mort possédait sans doute aussi ces deux visages. Celui de rendre prisonnier quelqu'un qui toute sa vie, n'avait rien eu à se reprocher. Mais aussi, un accueil dans un monde qui nous est propre, et où l'on rêve éternellement... C'était un curieux dilemme sombre et mystérieux auquel il aimait aussi s'adonner depuis quelques mois, pour une raison qui lui échappait.

Alors qu'il rêvassait encore de tout cela, son père l'interpella, et le détacha pour de bon de ces tourments incessants. Juste avant de prendre le goûter, il lui proposa de jouer un petit match de basket dans le jardin. Jonas accepta volontiers. Il réapprit alors avec aisance à remanier cette balle orangée, virevoltante de main en main. Il avait la chance de pouvoir pratiquer son sport directement chez lui, grâce à une petite parcelle de goudron où un panier était installé près du portail.

Pendant qu'il jouait, il réfléchissait et se disait qu'il aurait dû s'amuser ici pendant tout ce temps de dépression. Cela lui aurait sans doute permis de se changer les idées et de s'épanouir dans autre chose que la solitude. Il comprit alors que le moyen le plus efficace pour guérir les maux était de passer du temps à s'occuper de ses passions.

La partie, elle, dura près d'une heure. Jonas, bien qu'il n'en soit pas dérangé, ne put donc prendre son goûter qu'aux environs de dix-sept heures. Grignotant un biscuit au chocolat avec son père à côté du mini terrain, il regarda le panier avec un large sourire. Contemplant le paysage, sans faire attention au reste du monde. Il n'entendit même pas sa sœur qui criait encore devant la télévision, après avoir certainement perdu sa partie de jeux vidéo. Il finit tout de même par écouter son père, qui lui murmura au creux de son oreille :

— Ce n'est pas pour t'embêter Champion, mais je

crois que tu ferais mieux d'aller prendre une douche… Si tu vois ce que je veux dire.

Rigolant de cette remarque, Jonas confirma. En temps normal, il n'aimait pas vraiment qu'on lui fasse des réflexions sur son hygiène d'adolescent en pleine puberté. Mais aujourd'hui, aucune remarque ne pouvait le contrarier. En cette dernière journée ici, il avait décidé de sourire pour tout, pour rien, simplement pour se sentir bien…

Après sa douche, et avant que le dîner ne débute, Jonas observa une dernière fois le soleil se coucher sur son jardin. Scrutant les rayons ambrés qui brillaient sous ce ciel crépusculaire, tel un héro de cinéma prêt à partir à l'aventure, il se disait intérieurement que ce qui lui arrivait était complètement fou, et qu'il avait eu de la chance que cela lui arrive à lui. L'espoir, l'optimisme,… Tant de choses qui grâce à cela, avaient permis de redonner un sens à son existence, en si peu de temps.

Cette aventure allait changer sa vie. Il s'en doutait. Il ne savait pas encore comment, ni pourquoi. Mais quelque chose en lui s'était réveillée, et il l'avait compris. Ce voyage que le jeune homme s'apprêtait à réaliser, le conduirait bien loin, c'est certain. Mais au-delà des épreuves qu'il allait devoir passer, durant ces quatorze jours, bons nombres de choses allaient à jamais modifier sa vision du monde. Et toute son existence s'en verrait bouleversée…

Rentrant à l'intérieur, il participa au dîner, qui lui se fit étrangement dans le plus grand des silences. Bien heureusement, cela n'avait pas l'air d'un silence froid, mais plutôt d'un silence comblé par le bien-être collectif.

Chacun mangeait muettement ses pâtes en appréciant seulement le calme. De temps à autres, les regards se croisaient, mais sinon rien ne se passait. C'était également quelque chose d'agréable qui ne s'était pas déroulé depuis bien longtemps.

Enfin, au moment de se blottir sous sa couette, les parents de Jonas qui d'habitude n'accaparaient pas leur fils à l'heure du coucher, restèrent quelques temps dans la chambre de ce dernier.

— Nous avons quelque chose à te donner, lui dit d'abord son père.

— Ou à te montrer plutôt, corrigea ensuite sa mère.

Intrigué, Jonas attendit la suite avec impatience. Son père ne perdit pas de temps et sortit alors un petit objet bleu de sa poche. Jonas ne mit que très peu de temps à le reconnaître. C'était le couteau suisse de Thomas. Bien sûr en le voyant, le garçon ne pleura pas. Pas devant ses parents. Pas une seconde fois. Non, il choisit plutôt de poser la question suivante :

— Ce couteau... Comment l'avez-vous eu ?

— Thomas voulait te le donner, lui dit son père. Ce n'est pas l'original bien sûr, mais une réplique qu'il avait achetée et sur laquelle il avait gravé le « J » de ton prénom. Ses parents nous l'ont donné après sa disparition.

Jonas observa l'objet l'air ému, et aperçut en effet son initiale gravée sur le manche de bois bleu.

— Mais pourquoi... Pourquoi ne pas me l'avoir dit plus tôt ?

— Tu n'étais pas prêt. Dans ces circonstances, nous avons préféré attendre. Mais maintenant, nous pensons que tu peux le garder, finit son père en regardant la mère d'un air doux pour que celle-ci accepte sans répliquer.

Expirant de l'air, elle confirma finalement le choix de son mari :

— Oui, il est à toi. Mais, attention, c'est juste un objet de décoration !

— Chérie, il le sait déjà, lui fit remarquer le père.

Jonas acquiesça doucement de la tête avec un sourire crispé et heureux à la fois. Son père posa le petit objet coloré sur sa commode, puis lui tendit ses bras en même temps que ceux de sa mère. Le jeune homme n'hésita pas une seule seconde à venir à leur rencontre. Après tout, un câlin était le genre de geste que personne n'aurait refusé à cet instant.

En resongeant au fait qu'il allait devoir bientôt les quitter, Jonas ne put tout compte fait se retenir de pleurer. Son menton toujours calé contre l'épaule gauche de sa mère, les larmes commencèrent à couler le long du vêtement de laine. A cela s'ajoutèrent bientôt les gloussements et les claquements de dents. Des sons qu'il crut ne pouvoir être entendus que de lui. Mais il était bien dans le monde réel, et ses parents comprirent parfaitement…

— Ils le trouveront tu sais… lui chuchota sa mère. Et un jour, tout cela sera fini.

Malheureusement, ils ne connaissaient pas la vraie raison qui causait les pleurs de leur fils.

Juste avant de s'endormir, Jonas eut le droit à un (dernier) « Bonne nuit » rassurant de ses parents. Lui le prit plutôt comme un « Bonne chance ».

Quelques secondes après que ses parents aient quitté la pièce, un autre invité lui souhaita également bon sommeil : *« Bénéficie de cette nuit, elle te sera fructueuse pour les jours à venir… ».* Le timbre sifflant de la voix nébuleuse refit soudainement son apparition. Ecarquillant brusquement les yeux, le garçon sentit alors la paralysie reprendre le contrôle de son corps. Le souffle brut et la vague glaciale le pénétrer et le para… Fort heureusement, il constata que ce n'était que sa propre imagination qui lui jouait des tours.

Fatigué, il finit par s'assoupir. A partir de ce moment, il ne remarqua même plus qu'un doux sifflement avait entamé une délicate berceuse dans sa tête.

Chapitre 7 :
5 Novembre

« Après tout, ce n'est qu'un au revoir... »

En dépit du stress, sa dernière nuit chez lui avait été beaucoup plus reposante que celle du quatre novembre (si l'on pouvait appeler cela une nuit). Lorsqu'il ouvrit les yeux, Jonas observa directement l'heure du réveil projetée sur le mur de sa chambre. Il était six heures trente du matin. *Il est temps de se lever*, se dit il. *« Oui en effet... »* affirma la voix sifflante. Une fois de plus surpris, Jonas eut comme un petit sursaut de peur, avant de sortir naturellement de sa couette.

Baillant, il ébouriffa ses épais cheveux bouclés, avant de bailler une seconde fois, pour enfin réussir à se mettre debout. Il fit d'abord quelques pas lents et mesurés dans l'obscurité jusqu'à atteindre la petite salle de bain au bout du couloir. En se regardant dans le miroir, il vit alors un adolescent parfaitement normal. Car en apparence, il en était un. Mais dans son intérieur profond (et il avait lui-même du mal à l'accepter) quelque chose d'incompréhensible semblait lui permettre certaines choses extraordinaires. Cela lui procurait le don étrange de ressentir, et de faire ressentir à d'autres les étonnantes pensées qui lui parvenaient. Encore plus anormal, il recevait ces dites « pensées » de personnes qui n'étaient pas vraiment réelles, dans le sens où la plupart des gens l'entendaient ! Le garçon voulait sans cesse chercher à interpréter ces incroyables manifestations. Tout en se persuadant qu'il était, et qu'il demeurerait à jamais, un garçon comme les autres.

Enfilant un vieux jean noir, accompagné de son pull préféré, Jonas prit bien soin de ne pas faire le moindre bruit susceptible de réveiller ses proches. Il se pressa aussi pour pouvoir quitter la maison le plus tôt possible. Aussitôt ses habits enfilés, il se dépêcha donc de se rincer le visage pour aller ensuite grignoter quelque chose avant de partir.

Ce matin, ce fut un petit croissant comme il les aimait tant qui lui tapa dans l'œil. Il l'avala en une poignée de secondes, avant de boire aussi rapidement son jus d'orange habituel. Après avoir refermé silencieusement les placards de la cuisine, il se dit que le temps était venu pour lui. L'aventure qu'il considérait comme une aubaine allait maintenant débuter.

Avant de partir, il ne put néanmoins s'empêcher de verser quelques larmes. Jonas ne pensait savoir que trop bien dans quoi il se lançait. Ce voyage qui l'amènerait de toute évidence à réaliser des actes mystiques et peu communs, lui faisait ressentir une appréhension encore inédite dans sa jeune vie d'adolescent. Il allait aussi devoir partir loin, très loin de sa famille, et dans la clandestinité la plus totale. Sans rien leur dire. Il n'enverrait ni lettre, ni message pour les rassurer. Il s'était également promis de ne pas emmener son portable au cours du trajet (craignant de craquer sous le flot de SMS que ses parents lui enverraient pour le retrouver). La veille, il l'avait même enterré discrètement dans son jardin, afin (ou plutôt en espérant) que la police ne trouve aucune preuve de sa fugue dans les discussions qu'il avait entretenues avec ses amis.

En partant, il récupéra donc son sac à dos dans lequel il emportait : une lampe torche, une carte de France, une boussole, une couverture avec un sac de couchage, des provisions de gâteaux et de sandwichs, le petit couteau jumelé qu'il avait ajouté à la dernière minute, deux t-shirts de rechange, et un manteau plus chaud pour le moment où ils atteindraient la montagne. Il sortit furtivement par la porte d'entrée, et la referma aussitôt pour éviter qu'on ne l'entende gémir.

Dehors, il faisait encore nuit, et les premiers rayons du soleil commençaient à peine à pointer le bout de leur nez. Quittant sa maison au plus vite, pour ne plus dégager aucune émotion, il courut vers le portail, l'ouvrit, puis le referma à toute vitesse. Il piqua ensuite un sprint en direction du vieux parc. Alors qu'il courait, Jonas sentit encore quelques petites larmes couler le long de ses joues. Mais il les sécha aussi vite qu'elles étaient apparues pour ne pas les montrer à ses amis qui eux étaient déjà rassemblés sur le terrain de basket et semblaient l'attendre.

De part la taille des différents sacs, on voyait que chacun l'avait préparé à sa manière. Sam n'avait qu'une légère besace sur le dos (mais connaissant bien son ami, Jonas se dit que cela suffirait au petit aventurier qu'il était). A l'inverse, Antoine, lui, avait choisi de prendre un énorme ballot contenant sans doute des livres de physique, des outils technologiques, des échantillons d'éléments chimiques et pleins d'autres choses qui amusaient les apprentis scientifiques (« intello ») comme lui. Enfin, Noah semblait avoir pris la même quantité d'affaires que Jonas. Bien que le paresseux semblait ressentir une bien piètre motivation comparée à celle de notre héros.

Le jeune homme ralentit en arrivant près du terrain, où tous se tenaient figés.

— Ce n'est pas trop tôt ! lui lança Antoine, alors qu'il n'avait même pas fait un pas sur l'emplacement sportif. Ton « aube » elle a au moins débuté depuis vingt minutes !

— N'exagère pas Antoine, dit à son tour Sam, personne n'est réveillé à cette heure ci…

En effet, le seul son qui planait sur le lotissement endormi était celui d'une brise légère. Faisant frémir les feuilles jaunâtres des arbres, et craquer les quelques branches fragiles. Soufflant également sur les cheveux blonds foncés de Jonas, châtains clairs de Noah, auburn opaques de Sam, et noir immaculé d'Antoine. Finalement, les garçons restèrent un instant fixes après l'intervention de ce dernier, prenant chacun le temps de bien se réveiller, en écoutant cette douce mélodie.

Lorsqu'ils furent enfin prêts à partir, les quatre adolescents se lancèrent chacun des regards interrogatifs, qui cette fois traduisaient la question suivante : « Bon, on se bouge les mecs ? ». Ce fut Antoine qui mit un terme au dernier instant de calme avant l'aventure :

— Bon allez ! dit-il d'un ton tranchant. Déjà que le temps de marche jusqu'en Haute Savoie va être long, si on ne veut pas l'allonger encore plus il faudrait vraiment qu'on parte maintenant ! Sauf si bien sûr vous préférez perdre du temps comme des crétins.

A peine avait il mit ce petit coup de pression au

groupe que tous lui emboîtèrent le pas en direction de la route.

Longeant d'abord la tordue et étroite chaussée qui serpentait à l'intérieur du lotissement, les jeunes eurent la chance de ne croiser aucune voiture. En même temps, ce n'était pas très étonnant à cette heure-ci. Mais ils prenaient tout de même garde à ne pas se montrer trop visibles. N'importe qui aurait trouvé cela louche que quatre adolescents de treize ans, munis de sacs de randonnées, fassent une « petite promenade » à sept heures du matin. Pire s'ils savaient que la « petite promenade » allait se révéler si longue…

Néanmoins à cet instant, Jonas se doutait étrangement qu'ils allaient devoir traverser bien pire que des heures de marche. Le garçon aux pouvoirs surnaturels avait l'inexplicable impression que des péripéties bien plus coûteuses se préparaient aux confins de leur voyage. Et s'il avait bien compris une chose depuis ces derniers temps, c'est qu'à chaque fois qu'il ressentait quelque chose d'inexplicable, cela le menait toujours à autre chose d'encore plus invraisemblable…

Au bout d'une dizaine de minutes, ils quittèrent le lotissement, ce qui marqua déjà un premier pas dans leur exode.

— Il faudrait mieux passer par les champs maintenant pour éviter d'être vus, déclara Antoine.

— Non, restons sur la route tant qu'on peut, répliqua Jonas. On ne va pas commencer à se cacher alors qu'il fait encore à moitié nuit.

Tout le monde l'écouta étrangement sans poser de question. *« Tu fais de justes choix mon garçon… »* lui murmura même la voix sifflante. « Merci. » bégaya t'il automatiquement à voix haute, sans penser à côté de qui il était.

— Qu'est ce qu'il y a ? lui demanda Sam.

— Ah... euh rien, je réfléchissais, répondit-il en regardant par terre pour éviter de montrer le mensonge qui se lisait sur son visage.

Sam le dévisagea un instant, puis le petit groupe reprit sa route normalement, en sortant progressivement de l'ombre des arbres qui entouraient le lotissement. Jonas lui-même se demandait ce qu'il lui avait pris de répondre ainsi. La voix devenait elle comme une compagne de dialogue pour lui ?

Lorsqu'enfin les enfants virent la lumière du soleil éblouir le paysage de leur campagne si familière, un soupçon d'émotion marqua leurs visages. Leurs propres ombres commencèrent alors à se dessiner sur le vieux goudron qui lui leur apparut gris avec le soudain éclairage.

Ils finirent donc par se rabattre dans les champs, à l'abri des regards. Les épis de blé entamèrent pour lors un frottement régulier contre leurs vêtements. On ne distinguait maintenant de la route que de légers mouvements qui bousculaient les plantations. Ainsi, le voyage avait vraiment pris tout son sens...

Chapitre 8 :
5 Novembre

« Le voyage... Quelle chose si belle ! »

Après avoir marché pendant une bonne heure, sous un soleil grandissant de minute en minute, le petit groupe décida pour la première fois de faire une pause. Ils avaient déjà distancé de plusieurs kilomètres leur petite ville, et se trouvaient à présent au coin d'un ensemble d'arbres, regroupés au milieu d'un champ.

Posant leurs sacs aux pieds des chênes couronnés de feuilles safranées, les quatre garçons s'assirent un peu et burent chacun l'eau qu'Antoine leur proposa. En vérité, aucun n'était vraiment fatigué à ce moment-ci. Mais pour maintenir un rythme régulier durant la suite de la journée, ce petit temps de repos s'imposait. « On repart dans dix minutes ! » ordonna même Antoine.

Personne ne lui répondit et pourtant tous étaient obligés de lui obéir. Pas parce que Antoine s'était déjà autoproclamé comme le chef du groupe. Mais plutôt car ses ordres, bien que brutaux, étaient eux-mêmes nécessaires à leur survie morale et physique. En les aidant à repousser leurs limites et à acquérir un mental d'acier (ce qui n'était pas le cas pour l'instant, mais qui le serait bientôt), Antoine tiendrait involontairement un rôle précieux au sein de l'association masculine. Cela, les garçons le comprenaient tous plus ou moins.

En ce qui les concernait, les voitures, elles, avaient recommencé à rouler normalement, bien que restant souvent peu nombreuses en ce jour. D'ailleurs, cela n'étonnait guère les adolescents. Habitant eux-mêmes à la campagne, ils savaient très bien que peu de gens sortaient de chez eux le dimanche par ici. Ils pourraient ainsi s'éloigner le plus possible de chez eux sans la moindre contrainte.

Après leur brève pause où personne ne dit mot, ils reprirent la route par les champs, toujours en toute discrétion. Antoine au devant, dirigeait le groupe avec son énorme sac rebondissant sur son dos à chacun de ses pas. Noah et Sam eux fermaient la marche avec Jonas. Ce dernier songeait encore à la nouvelle de leur disparition qui allait se répandre comme une traînée de poudre dès que leurs parents auraient découvert leur fuite. Certes, ce n'était pas la meilleure chose à faire, mais il se sentait obligé d'y penser. *Les pauvres*, se disait il, *Eux qui pensaient déjà avoir retrouvé la paix…*

En réalité, le jeune homme pensait surtout aux problèmes psychologiques que cela pourrait causer. Il avait entendu dire que la mère de Thomas avait été placée sous la surveillance régulière d'un médecin, à cause des nombreuses crises d'angoisses qu'elle avait eu après sa disparition. Jonas espérait être rentré chez lui avant que cela ne se produise pour un de ses parents. C'était sans doute aussi le cas pour le reste de ses amis, et d'ailleurs, peut-être qu'eux aussi y pensaient à cet instant. Jonas n'osait pas leur en parler. Et pour éviter de créer lui-même des sensibilités chez certains de ses compagnons, il se promit de ne jamais aborder le sujet.

« Oui mais toi non plus n'y pense pas... ». La voix lui avait de nouveau envoyé un de ses commentaires, et semblait encore avoir lu ses pensées. *« ... Ce n'est pas bon de songer à tout cela. Concentre toi plutôt sur ce qui t'a été confié... »* continua-t-elle. Toujours intrigué par cette mystérieuse présence dans sa tête, Jonas se força à ne pas lui répondre, pour cette fois…

En ce premier jour de voyage, les amis discutaient beaucoup. Cela apaisait leur nervosité à tous, et leur faisait simplement du bien. Surtout pour Jonas, qui lui reprenait contact avec des amis à qui il n'avait pas parlé depuis bien longtemps (si l'on retirait la longue discussion d'hier). Notamment Noah, avec qui il bavarda de tout et de rien presque tout l'après-midi. A vrai dire, Noah aimait surtout raconter des blagues. Et Jonas adorait l'écouter narrer ses histoires drôles. Alors autant dire que les deux se divertissaient de bon coeur !

Parfois malheureusement, la voix recommençait elle aussi à lui parler. De temps à autre, elle lui murmurait des conseils ou des commentaires négligeables. Jonas hésita plusieurs fois à lui dire de se taire. Mais il n'osait pas. La timidité et la crainte étaient plus fortes. Le fait ignoble de blâmer quelqu'un qui l'avait aidé auparavant, l'en empêchait encore plus.

Cette première journée était donc particulière. Particulière, dans le sens ou contrairement à celles qui allaient suivre, celle-ci n'était ni bonne ni mauvaise. Elle était simplement normale, avec son lot de tourments, et sa part de positivité.

Quand l'ensemble du groupe eut enfin décidé de s'arrêter pour dormir, ce fut une petite clairière encerclée par un morceau de forêt (sans doute une extrémité de la Sologne) qui fut choisie. Personne ne semblait loger aux alentours, alors l'endroit était tout trouvé pour y passer la nuit.

Celle-ci commençait d'ailleurs à recouvrir les rayons déjà lointains du soleil, après que la sixième heure de l'après midi soit passée. C'est pourquoi, dès qu'ils étaient arrivés, Antoine avait entrepris d'établir un foyer au milieu du camp, et tous l'avaient regardé avec enthousiasme. Le jeune talentueux avait réussi à faire éclore les premières braises au bout d'une trentaine de secondes seulement, pour que les premières flammes, elles, s'élèvent de suite au milieu de la plaine. Cependant, vu qu'il était interdit de pratiquer ce genre de chose en temps normal, ils convinrent de se relayer tout au long de la nuit pour veiller sur le feu.

Ainsi, à peine avaient ils installé leurs sacs de couchage sur le sol sec (mise à part Sam qui visiblement n'en avait pas pris et avait décidé de passer pour le plus fier des aventuriers), qu'un doux feu de camp les attendait déjà avec des chamallows grillés au préalable par Antoine (décidément sur tous les fronts). Ils mangèrent ensemble pour la première fois, seuls au beau milieu de la nature, dans le silence le plus total. Pour combler le vide du repas, une joyeuse discussion commune sur cette première journée de voyage débuta. Selon l'ensemble, elle ne leur avait pas paru particulièrement éprouvante. Mais ils s'attendaient tous, bien entendu, à ce que les journées se corsent au fil du temps.

Lorsqu'ils eurent fini, les bavardages s'émancipèrent. Cette fois-ci, Noah se risqua à parler filles, sujet qui selon toute vraisemblance, n'intéressait pas grand monde. Ensuite, ce fût Antoine qui prit la parole, et ennuya le reste du groupe avec ses explications techniques, concernant principalement leurs conditions de marche pour la suite du voyage...

Au final, aucun n'avait vraiment intéressé l'ensemble du groupe. C'était malheureusement dans ces moments là que l'on pouvait se rendre compte que, mise à part leur passion commune pour le basket, les garçons n'avaient pas grand chose en commun...

A dire vrai, cette conversation avait seulement servi à faire durer le temps précédant l'heure du coucher. Visiblement, personne n'avait envie d'aller dormir. Sans doute était-ce l'inconnu qui les faisait redouter le sommeil : la noirceur de la nuit, le vent sauvage et la nature environnante. Mais enfin, aucun n'eut le choix. Puisque pour la énième fois, ce fut Antoine qui prit les devants. Il força sans le moindre mal ses trois compagnons à aller dormir. Pendant que lui monterait la garde près du feu jusqu'à vingt trois heures, avant de céder sa place. N'ayant rien d'utile à ajouter, le reste du groupe partit se coucher dans le plus grand des silences.

Bercés par les bruits de la forêt attenante, Sam et Noah parurent endormis au bout de quelques minutes. Pour sa part, Jonas s'était mis sur le ventre et jouait discrètement avec son petit couteau. Dessinant puis écrivant de belles lettres sur le sol. « ICI PASSA LA TROUPE DE L'ECHANGEUR » grava-t-il entre autre, sans vraiment réfléchir. *« La Troupe de l'Echangeur » ? En voilà un joli nom*, se dit-il *Un nom qui restera à jamais gravé dans les mémoires !* , ajouta t-il intérieurement, en rigolant tout seul. Pendant un instant, il crut qu'Antoine l'avait entendu. Jetant un coup d'œil par-dessus son épaule, il fut soulagé en voyant que celui-ci gardait impassiblement ses yeux rivés vers les flammes. Même les bruits incessants des petits animaux qui rodaient autour de la plaine, ne semblaient pas l'atteindre.

Se retournant sur le dos, Jonas essaya cette fois de dormir. Mais ses paupières n'arrivaient pas à se fermer, comme bloquées à travers le temps. Le vent non plus ne l'aidait pas. Il le faisait frémir, et l'obligeait sans cesse à se retourner pour trouver une position dans laquelle il ne lui soufflerait pas dessus.

Tout ceci dura encore longtemps, jusqu'au moment où le garçon ne sentit plus l'air le chatouiller. Le souffle frais cessa alors de le faire frissonner. A travers la plaine, le bruissement aigu s'estompa lui aussi. Ce fut alors une toute autre mélodie qui vint le remplacer : celle d'un doux sifflement poétique et sensible. Elle le fit s'endormir. Pourtant, cette fois-ci le garçon se douta bien de qui exerçait cette douce emprise sur lui…

Chapitre 9 :
6 Novembre

« Une véritable aventure ne commence jamais le premier jour… »

Le lendemain matin, tout le monde se réveilla étonnamment bien. Certains dirent même qu'ils avaient passé « une bonne nuit ». Ce fut le cas de Jonas, qui tout au long de celle-ci avait été bercé par l'envoûtant sifflement de la voix toujours inconnue.

Réveillé avant les autres, il eut la bonté d'apporter quelques petits gâteaux à ses amis pour leur réveil. Même pas sortis du sac de couchage, tous dégustèrent ainsi ce petit plaisir matinal.

Mais, il était déjà huit heures. Cela ne plaisait guère à Antoine, qui lui ne perdit pas la moindre seconde et alla directement ranger ses affaires pour reprendre la route au plus vite ! Fendant la brise, il incita ses compagnons à faire de même.

En reprenant leur chemin à l'abri des arbres, Jonas put remarquer l'humidité présente sur les feuilles verdâtres. Lui aussi avait le visage humide à cause de la rosée du matin. Elle avait été fraîche et agréable. Comme un millier de minuscules glaçons qui étaient venus délicatement rafraîchir sa peau. Le parfum de nature qui s'en était détaché, semblait également lui avoir purifié les narines. Un réel plaisir pour commencer la journée !

Arpentant toujours la forêt, le garçon entendit la voix lui siffler : *« Alors, tu as bien dormi ? »*. Il ne put cette fois s'empêcher de répondre :

— Oui.

Il regarda ensuite tout autour de lui pour voir si quelqu'un l'avait entendu.

— *Désormais, je ferai en sorte que…*

— Merci ! le coupa Jonas qui ne souhaitait pas en entendre plus.

— Qu'est ce que t'as à parler tout seul ? lui dit brusquement Antoine en se retournant vers lui.

— Mais rien ! rétorqua Jonas avec quelques tremblements au passage.

— Ouais c'est ça… ajouta-t-il sceptique en retournant la tête d'un air froid.

Tout penaud, Jonas rabaissa ses yeux vers le sol, avant de réentendre la voix quelques instants plus tard :

— *Tu sais mon garçon,* lui dit-elle, *tu peux me répondre par l'esprit…*

D'abord Jonas ne répondit pas. Puis, contre toute attente, la curiosité le saisit, et il demanda en chuchotant le plus doucement possible :

— Comment ?

— *Il suffit de laisser parler tes pensées,* lui expliqua simplement la voix.

Intrigué, Jonas se risqua à un essai discret. Il ferma alors les yeux et se concentra. Il marchait toujours naturellement, mais ne faisait plus qu'un avec son esprit. Laissant ainsi ses pensées « parler ».

— *Là, vous m'entendez ?* demanda-t-il intérieurement.

— *Bien sûr !* s'écria la voix. *J'entends tout ce que tu penses.*

— *Euh attendez, vraiment tout ?* s'empressa de demander Jonas, en rouvrant ses yeux pour paraître plus naturel.

— *Tout.*

Le garçon parut très gêné. Voir même effrayé.

— *Je sens ta crainte mon garçon,* ajouta la voix de son timbre âgé, *mais ne t'inquiètes pas. Si tu ne souhaites pas que j'accède à tes pensées, je respecterai ta volonté.*

— *Je vous remercie,* lui dit Jonas, toujours craintif des découvertes que la voix pourrait faire. *Mais expliquez moi s'il vous plaît, qui êtes vous exactement pour pouvoir faire cela ?*

— *Et bien voyons, je suis celui qui te guidera à travers ta quête bien sûr ! Et je pourrais également être ton confident si tu le souhaites.*

Préférant ne pas se prononcer sur cela pour l'instant, Jonas renchérit :

— *Comment savez vous ce que je recherche ?*

— *C'est quelque chose que j'ai moi-même eu l'opportunité de découvrir il y a fort longtemps,* lui répondit la voix, toujours avec un calme étonnant. *Cependant, autrefois je ne savais pas ce que c'était.*

— *Je vois. Et qu'êtes vous devenu aujourd'hui ? Qu'êtes vous tout court d'ailleurs...*

— *Je suis mort.*

Cette réponse fit frémir Jonas. Une goûte de sueur dérangeante coula le long de son échine. Mais peut-être n'était-ce que la marche qui le faisait transpirer ainsi.

— *Et je mets mon statut au profit des âmes comme la tienne,* continua la voix. *En les aidant à trouver ce qu'ils cherchent.*

— *Vous pouvez vraiment parler à tous les gens comme moi ? Enfin je veux dire, à tous les vivants ?*

— *Non*, répondit il sèchement. *En vérité, tu es même la seconde personne que je connaisse à qui un mort puisse parler. Comment te le dire, tu es...*

— *Différent,* compléta Jonas avec un air maussade.

La voix cessa un instant de lui parler, comme pour s'excuser d'avoir touché un point sensible. Pour l'égayer un peu, elle continua plutôt le dialogue avec la phrase suivante :

— *Mais enfin, cessons de parler de tout cela ! Ne voudrais tu pas plutôt que nous discutions de ce que toi tu aimes ?*

— *C'est-à-dire ?* s'interrogea Jonas.

— *Eh bien je ne sais pas. N'as-tu pas des centres d'intérêts, des passe-temps, des...*

— *Passions ?* suggéra-t-il.

— *Oui c'est cela, des passions.*

— *Euh... Oui, on peut dire que j'en ai.*

— *Lesquelles ?*

La voix sembla cette fois s'abstenir respectueusement de lire dans ses pensées, comme elle l'avait promis.

— *J'aime beaucoup le basket.*

— *Qu'est ce exactement ?*

Etonné de cette interrogation, Jonas lui répondit d'abord sobrement :

— *Eh bien, le basket quoi ! Ou le basket-ball si vous préférez. Vous ne savez vraiment pas ce que c'est ?*

— *Me prendrais tu pour un ignare, si je t'avouais*

que non ?
Rigolant seul de cette situation inattendue, le garçon enseigna ensuite à la voix ce qu'était son hobby. Et cela dans le plus grand des silences…

Toute la matinée, il conta donc à son « conseiller » la naissance, les bases, les règles, et les grands noms du basket-ball. A présent, la voix devait avoir le cerveau en compote avec tous ces nouveaux mots : entre-deux, air ball, Michael Jordan… Le garçon quant à lui en oubliait presque sa peine concernant l'abandon de sa famille. Et finalement, ce n'était pas un si mauvais choix. La voix s'était révélée être une source d'occupation bien plus amusante que ses réflexions calamiteuses. Jonas s'était finalement pris d'affection pour ce pauvre homme à l'histoire si mystérieuse.

Passant plaines et allées d'arbres, les quatre compagnons décidèrent ensemble de s'arrêter pour manger. Disant au revoir à la voix grâce à ses pensées, Jonas revint alors aux côtés des gens qui l'entouraient dans le monde réel.

— On va bientôt passer en Bourgogne, annonça Antoine en préparant les sandwichs.

— Déjà, s'étonna Noah.

— Eh oui !

Certains appréhendaient le fait de quitter leur région Centre natale. Qui plus est, à pieds, et seuls au milieu d'un endroit qu'ils ne connaissaient pas. Ce fut donc l'instant choisi pour sortir la carte.

Lorsqu'ils atteignirent le panneau qui leur confirma les dires d'Antoine, quelques regards s'échangèrent au sein du groupe. Rires nerveux, émotion au coin des yeux. Le meneur, aux côtés de Jonas, indiqua ensuite la direction à prendre.

A travers cette nouvelle région, aucune différence géographique ne choquait les garçons. Il y avait toujours des plaines verdoyantes qui s'étendaient à perte de vue, et des morceaux de forêt à tout va. C'était idéal pour eux de rester dans un tel environnement, qui leur facilitait grandement la tâche en matière de discrétion.

En s'approchant de la route, les garçons réentendirent les voitures rouler au loin. Depuis les champs, ils distinguaient les quelques unes qui fusaient à toute allure. Elles faisaient un bruit assourdissant, qui à la longue en devenait presque pénible. *Ah, si seulement tous les jours pouvaient être Dimanche !* se dit Jonas.

Ainsi passa donc cette seconde journée de voyage. Pas forcément plus laborieuse que la première, mais avec un moral, pour notre héros du moins, amélioré.

Du côté des autres, tout semblait en ordre également. Noah avait aujourd'hui raconté ses blagues à Sam, très bon public lui aussi. Antoine pour sa part, était resté sérieux comme à son habitude. La mission avait vraiment l'air de lui tenir à cœur, et c'était une bonne chose (même si parfois ses ordres étaient trop brutaux).

Le soir au coin du feu, ils avaient chacun le regard rivé vers les étoiles, reposantes et belles, telles des lanternes perchées dans le ciel qui éclairaient la nuit. Elles les incitaient tous aux rêves et au sommeil.

Au moment de se coucher, Jonas se proposa pour faire la première garde de nuit. Antoine, bien que peu confiant, accepta. Le jeune homme attendit alors que ses trois amis s'endorment, pour qu'à son tour, il puisse se coucher sur l'herbe fraîche.

— *Monsieur ?* pensa t-il à l'attention de la voix

environ deux minutes après.

— *Mon garçon, je te prie de ne pas m'appeler ainsi !*
— *Comment alors ?*
— *Je ne sais pas, comment pourrais-tu m'appeler... Hmmm... J'ai trouvé ! Tu me nommeras sous le nom de « L'Ancien ».*
— *« L'Ancien » ?* répéta-t-il. *N'est-ce pas dévalorisant pour vous ?*
— *Oh, non, ne t'inquiètes pas. Et puis de toutes façons, je n'ai pas vraiment de nom.*
— *C'est la vérité ?*
— *Oui, ou du moins je ne m'en rappelle plus vraiment... Sinon qu'avais tu à me dire exactement ?*

Etonné par cette réponse énigmatique, Jonas la passa pourtant pour le moment. Il répondit :

— *Eh bien, je me demandais comment vous connaissiez mon ami, Thomas ? Puisque c'est vous qui m'avez indiqué ce que signifiaient ses paroles l'autre jour.*
— *Je ne le connais pas personnellement*, lui répondit il. *Vois-tu, c'est en creusant dans tes propres pensées que j'ai proposé cette solution.*
— *Alors, vous voulez dire que Thomas m'en avait parlé ?*
— *Visiblement*, répondit l'Ancien en soupirant.

Jonas prit un air étonné.

— *C'est incroyable... Y aurait t'il un moyen que vous le rencontriez ?*

Il avait posé cette question avec un ton gêné, presque timide.

— *A vrai dire, je n'en sais rien. Contrairement à d'autres, je n'ai nulle part où aller. Je laisse mon âme voguer seule à travers le cosmos des défunts, et je suis en perpétuel mouvement. Je ne pense donc malheureusement pas pouvoir le trouver. Mais si je peux déjà aider à vous réunir tous les deux, ce sera une bonne chose.*

— *Je comprends...* répondit Jonas ni content ni triste. *Désolé, je dois vraiment vous embêter avec toutes ces questions... Je me questionne un peu trop ces temps-ci.*

— *Non ne t'inquiètes pas, c'est normal !* répliqua la voix. *Et puis, tout le monde n'a pas la chance d'avoir un vivant avec qui discuter.*

— *Vous voulez dire que vous vous ennuyez en temps normal là où vous êtes ?*

— *Disons que la mort a deux facettes. L'une à celle d'un piège accablant, et l'autre celle d'un repos infini. Je n'ai malheureusement pas eu la chance de profiter de la vie, pour que ma mort se passe comme je le voudrais. Reposante, aux côtés de personnes qui m'auraient été chères.*

— *Ce que vous me dites me rend triste...* déclara Jonas dont même les pensées devenaient sensibles. *Si cela ne vous embête pas, pourriez-vous me dire dans quelle « facette » pensez-vous que mon ami se trouve actuellement ?*

— *Je pense malheureusement qu'il se trouve dans le piège*, lui répondit honnêtement l'Ancien. *Mais une fois que l'Echangeur lui sera parvenu, je suis aussi certain que tout ira mieux pour lui.*

— *Je lui ai promis que je le trouverai*, s'écria Jonas intérieurement, pour prouver son courage et sa détermination. *Par-delà tous les obstacles, je lui ramènerai l'Echangeur !*

— *Je le sais*, confirma l'Ancien. *Et si je peux te*

rassurer, je pense qu'il ne te sera pas dur à trouver. Le plus dur en revanche, ce sont les douze jours de marche qu'il te reste à parcourir avant que le portail ne s'ouvre. Je pense d'ailleurs que tu devrais te reposer un peu mon garçon. Tu mérites le plus grand repos du monde pour les affronter.

Jonas savait qu'il avait interdiction de dormir mais il choisit de se laisser tenter.

— *Je suivrai vos conseils*, répondit-il. *Et si vous voulez, vous pourriez même être mon confident durant les prochains jours ! Après ça, je vous souhaite d'être récompensé par le repos éternel que vous avez toujours voulu.*

La voix, sans rien ajouter, entama alors une douce berceuse dans la tête du jeune homme.

— *Oh ! Attendez s'il vous plaît !* s'exclama Jonas pour que l'Ancien s'arrête un instant.

Ce dernier fit ce que le garçon demandait et attendit.

Jonas grava alors à l'aide de son couteau, la même phrase qu'hier sur la terre fraîche : « ICI PASSA LA TROUPE DE L'ECHANGEUR ». Il entendit le vieil homme rire doucement dans sa tête, puis la berceuse reprit. Elle lui fit une nouvelle fois fermer les yeux. À partir de là, plus aucune étoile brillante ne se refléta dans ses pupilles.

En y repensant, Jonas avait le sentiment d'avoir appris quelque chose ce soir. Durant leur discussion, l'Ancien lui avait parlé de ce qu'était vraiment cette étape si redoutable de l'existence que l'on surnommait : « la mort ». Et il savait maintenant qu'elle n'était pas unique. Comme il s'était déjà surpris à le penser auparavant, la mort avait bel et bien deux visages.

Chapitre 10 :
7 Novembre

« ... Elle commence le 3ᵉ ! »

La journée suivante fut celle qui marqua le début des ennuis.

A vrai dire, ils avaient même commencé durant la nuit. Jonas avait eu droit à de sérieuses réprimandes de la part d'Antoine, pour la peine qu'il ait osé fermer les yeux durant la surveillance qu'il avait promis de tenir. Cette intervention avait alors entraîné un réveil commun, puis tout le monde s'était rendormi en soupirant. De son côté, Antoine était resté éveillé toute la nuit pour guetter les flammes (n'ayant visiblement plus assez confiance envers ses semblables pour leur laisser une telle tâche).

Ce matin, au moment du réveil, c'était les yeux de tout le monde qui piquaient terriblement. Chacun semblait avoir passé une très mauvaise nuit, beaucoup trop courte. Pourtant, aucun ne semblait vraiment fâché envers Jonas. Au contraire, c'était plutôt Antoine qui était visiblement pris en coupable pour avoir réussi à écourter leur nuit avec ses agacements inutiles. Mais bon, cela n'allait pas les empêcher de poursuivre leur voyage pour autant…

Le capitaine qui n'avait presque pas dormi motiva ses troupes. Tous avalèrent alors prestement leur morceau de brioche pour suivre Antoine au plus vite. Il était déjà prêt à repartir et estimait que le repos qui lui avait été réservé lui suffisait. *Sans doute un signe de fierté*, pensa Jonas. Une fois prêts, ils quittèrent ensemble leur second camp en veillant à effacer correctement toutes preuves de présence passée (mise à part la fameuse phrase que Jonas souhaitait à tout prix préserver).

A travers les arbres en direction du sud, ils passèrent lentement un long enchevêtrement de branches qui leur compliqua la traversée, mais qui leur permit aussi de commencer la journée avec un peu de sport. Lorsque ce n'était pas les branchages qui piquaient leurs visages, c'étaient les tas de feuilles boueux qui retenaient leurs pieds, ou encore les racines qui manquaient de les faire trébucher.

Au cours de ce passage difficile, et durant un infime instant, Jonas crut percevoir quelque chose autour d'eux. Pas une perception de voix ou de pensées à l'intérieur de sa tête, mais bien le véritable son d'un mouvement proche.

— Arrêtez vous ! ordonna t-il à ses amis qui eux se retrouvèrent brusquement dans d'étranges positions au milieu des arbres.

— Qui y a-t-il ? demanda Sam en chuchotant.

— J'ai entendu quelque chose bouger.

Le calme s'empara de la forêt et chacun attendit avec une certaine impatience une nouvelle manifestation du mouvement. Pendant une brève minute, on entendit donc plus que les chuintements des oiseaux et les bruissements des feuilles dans le vent.

Quand soudain, une branche frêle craqua pile au dessus de Noah, dans la lignée de son corps. Le jeune homme n'eut même pas le temps de regarder au dessus de lui, qu'un petit écureuil roux avait déjà atterri sur sa figure. Après une exclamation de peur, il commença à se débattre contre la bête accrochée à son visage, tandis que Sam et Jonas eux pouffaient de rire devant ce spectacle sauvage.

Au bout de quelques secondes, l'écureuil changea de position et fit une petite traversée jusqu'à Sam pour s'amuser. Le petit aventurier le descendit alors du sommet de son crâne, et le posa délicatement dans ses bras en le prenant comme un bébé. Il se mit à le caresser avec tendresse pendant un moment. Tous regardaient ce nouveau binôme tout mignon avec des regards très différents. Jonas lui était tout réjoui devant ce contact empli de douceur. En revanche, Noah, soufflait toujours après ce qu'il considérait comme une attaque. Enfin, Antoine… était celui qui paraissait le plus énervé devant cette scène touchante.

Il donna une vilaine tape sur l'écureuil, qui tomba brutalement à terre. Le petit animal remonta presque aussi vite dans l'arbre le plus proche, mais avec, semblait-il, une patte légèrement endommagée. Jonas, Sam, et même Noah adressèrent des regards ahuris à la pauvre bête après cette action violente de leur ami.

— Il s'en sortira, c'est bon, arrêtez de le regarder avec vos airs d'idiots ! leur lança ce dernier en les tirant sèchement de leur contemplation. On repart maintenant !

Comme forcés de l'écouter une nouvelle fois, le reste du groupe le suivit avec des mines exaspérées et tristes à la fois. *Décidément*, se dit Jonas en reprenant le chemin avec les autres, *s'il est comme ça pendant tout le voyage, ça va vite devenir insupportable !*

Une fois sortis du coin de forêt, les garçons retombèrent sur un champ. Il était éclairé par un soleil éblouissant, puis donnait de nouveau sur la chaussée sombre. Aujourd'hui, peu de voitures semblaient rouler par ici. Néanmoins, ils préféraient restés prudents en gardant leur discrétion.

Après avoir marché pendant tout ce temps dans la forêt, les quatre adolescents ne savaient donc plus vraiment où ils se trouvaient. Jonas sortit la carte du sac et tenta alors de se repérer. Paraissant ne pas y arriver, il fut « aidé » :

— Bon tu ferais mieux de me la donner maintenant ! Lui ordonna Antoine en la lui arrachant des mains. C'est par là ! Déclara t-il presque aussitôt en montrant les champs à l'opposé de la route.

Jonas regarda son ami et resta figé un instant. Antoine le surprenait et l'agaçait de plus en plus. Entre violence, égoïsme et arrogance, que serait-ce par la suite ? Comment allaient-ils accomplir un voyage d'une telle importance sous la tutelle perpétuelle de quelqu'un comme lui ?

— *Je te sens troublé mon garçon*, l'appela soudainement l'Ancien pendant qu'il traversait la route, *qu'as tu donc encore à te tourmenter ?*

— *C'est mon ami, il a... Comment dire... Des réactions agaçantes*, répondit-il par la pensée.

— *Et bien, qu'a t-il exactement ?*

— *Je ne sais pas trop... La mission a l'air de lui tenir un peu trop à cœur.*

— *Mais alors où est le problème ? Je ne vois pas de mal à cela.*

— *Vous ne comprenez pas... C'est bizarre mais, par*

exemple, il a blessé un écureuil ce matin. Et cela juste pour que l'on avance plus vite.

L'Ancien parut surpris.

— *Un acte qui doit forcément provenir d'autre chose,* déclara-t-il.

— *J'avoue que je ne vous suis pas.*

— *Je ne pense pas que ton ami ait agi de la sorte par hasard. Quelque chose doit l'avoir poussé à le faire.*

— *Vous sous-entendez que mon ami est possédé par un démon ?* rigola Jonas.

— *Je t'en prie mon garçon, ne raconte pas de bêtise... Non, je dis simplement que ce n'est pas anodin ce genre de comportement. On ne blesse pas un animal uniquement pour cela.*

— *Mais vous savez, dans mes souvenirs il a toujours été assez dur envers les autres. Pas autant que ça, mais un peu quand même... Ça ne m'étonnerait donc pas qu'il l'ait fait « juste pour cela ».*

— *Eh bien, vois-tu mon garçon, je pense tout de même avoir vu suffisamment de choses dans ma vie pour te dire que ceci n'est pas normal. Il y a forcément une raison.*

Jonas laissa la voix avec une pensée dubitative ; en terminant seulement la conversation mentale par un : « *Mouais* ».

Une nouvelle atmosphère s'installa sur le groupe durant cette journée. Une distanciation dans le sens d'une amitié en déclin. Antoine dirigeait toujours le groupe, mais les autres restaient de quelques mètres en retrait. Parfois, les trois garçons de derrière s'échangeaient des regards mauvais. Comme pour signifier qu'en seulement quelques heures, Antoine avait complètement plombé l'ambiance.

En vérité, la seule chose qui égayait quelque peu leur journée était ce beau temps toujours présent. Ce ciel azur orné de nuages aux formes inspirantes. Certains préféraient même l'observer, plutôt que de garder les yeux sur celui qui marchait devant.

Au bout de ce troisième jour, on sentait aussi que certains commençaient à traîner des pieds. Pourtant sous le commandement d'Antoine, les pauses restaient les mêmes. Quelques unes par jour (sans compter celle du midi) qui ne dépassaient jamais dix minutes. La routine s'installait ainsi petit à petit. Cependant, Jonas sentait qu'elle allait devoir être rapidement modifiée s'ils souhaitaient tenir le coup.

Au temps du midi, Antoine laissa les trois garçons seuls. Il partit dans la forêt et aucun d'entre eux ne le retint. En mangeant un morceau de fromage tiré de leur glaciaire commune, tous observaient néanmoins dans la direction de son départ soudain. Attendant patiemment son retour, en se demandant ce qu'il était bien parti faire…

Lorsqu'il revint quelques minutes plus tard, il avait l'air encore plus énervé. Ses yeux rouges et ses mouvements bruts indiquaient qu'il venait de se passer quelque chose. Quelque chose qui n'était pas anodin. Intrigués, tous le regardaient du coin de l'œil. Certains avaient même l'air effrayé.

Antoine mangea seulement lorsqu'ils reprirent la route. Toujours nonchalant et inapprochable, ayant visiblement été touché psychologiquement. Ses pas étaient plus lents. Il marchait toujours comme un soldat, mais allait beaucoup moins vite. Autant dire que cela arrangeait le reste du groupe.

Pour camper la nuit, ils choisirent cette fois-ci un endroit qui se trouvait en plein milieu d'un morceau de forêt. Sombre, et simplement illuminé par la lune qui faisait office de puits de lumière à travers les arbres.

Sans prononcer le moindre mot, ils allèrent se coucher après le repas en laissant Antoine seul. Ils savaient que c'était lui qui guetterait le feu en premier. Voire peut-être même, toute la nuit. Dans son sac de couchage, Jonas écoutait les bruits autour de lui. Il s'était habitué à cette faune qui rodait sans cesse autour d'eux. Et à présent, grâce à cette fabuleuse mélodie que lui sifflait la voix, il n'avait plus la moindre crainte…

Avant de dormir, il se tourna vers la droite et écrivit joliment son petit texte habituel. Prêt à fermer les yeux, il se tourna cette fois vers la gauche. Mais ce qu'il vit le pétrifia. C'était encore Antoine. Il affichait un regard terrifiant. Ses dents semblaient serrées, et sa mâchoire tremblait. Ses joues étaient aussi rouges que les flammes. Tandis que ses yeux fixaient ces dernières avec la plus grande haine. Jonas crut qu'il allait réellement exploser. Mais ce qui se passa fut tout autre…

Au bout d'un certain temps, sa mâchoire s'affaissa. Ses joues se détendirent, et ses yeux amplis de colère, se remplirent de larmes. C'était la première fois qu'il voyait son ami avec une telle expression sur son visage. C'était la première fois qu'il le voyait pleurer.

Sans doute trop choqué, Jonas se retourna. A présent, il tremblait lui aussi. Et ce n'était plus à cause du vent.

Chapitre 11 :
8 Novembre

*« Le vieil homme disait vrai.
Notre jugement est bien trop rapide.
Et la vérité, elle, tout aussi cruelle... »*

Antoine avait aujourd'hui les yeux remplis de cernes. Il n'avait certainement pas dû dormir très longtemps pour se retrouver dans cet état.

En le voyant au matin, personne ne sut quoi faire. Tous les garçons étaient dépassés par une telle chose. Que dire face à un état aussi inconscient que celui-ci ? Surtout lorsque l'inconscient en question causait lui-même le mal être du groupe.

Enfin, peut-être avaient-ils été un peu lâches pour cette fois. Car ils n'avaient rien fait. Même Jonas n'était pas intervenu. Après ce qu'il avait vu la veille, il n'osait plus approcher son ami. La haine qu'il avait lue dans ses yeux l'avait tellement effrayé, et la tristesse, elle,... Il ne voulait plus y repenser. En fait, il n'avait pas compris pourquoi cette émotion venait de son ami. Pourquoi lui ? Comment un être si dur pouvait-il se mettre à pleurer ?

Dans son passé, Jonas ne se rappelait jamais l'avoir vu comme cela. Même pas lorsque ses parents avaient divorcé. Pourtant, dans son esprit, Jonas imaginait que ce devait être un passage difficile dans la vie de quelqu'un.

Ils continuèrent leur voyage. Aujourd'hui, le bleu avait quitté le ciel, et plus rien n'égayait leur journée. Leurs jambes se faisaient très lourdes. Quatre jours de voyage, c'était déjà beaucoup pour eux. Même avec quelques bonnes nuits de sommeil entre chaque.

Tout au long de la matinée, Jonas garda son regard rivé sur Antoine. Sans doute de peur qu'il ne s'évanouisse au beau milieu de la marche. Il le fixa un bon bout de temps, jusqu'à ce que l'Ancien ne coupe sa concentration :

— *Bonjour, comment vas-tu aujourd'hui ?* lui dit-il.

— *Je ne sais pas trop... L'ami dont je vous ai parlé hier, il est encore différent aujourd'hui.*

— *Ôtes moi d'un doute : il n'a pas encore frappé un pauvre animal innocent ?* lui demanda l'Ancien.

— *Non. En fait, il n'a pas dormi de la nuit et...*

— *Et...* continua l'Ancien qui attendait la suite.

— *Il ne va pas bien.*

— *Je te l'avais dit mon garçon ! Quelque chose pousse ton ami à faire ce qu'il fait.*

— *Et il a aussi pleuré hier. Il avait les yeux qui dégageaient une colère comme je ne l'avais jamais vu auparavant.*

— *Je pense que tu devrais en discuter avec lui,* lui proposa l'Ancien d'un ton doux.

— *Quoi ? Mais, enfin je ne sais pas, c'est...*

— *Je te dis que tu devrais le faire.*

— *Mais, êtes vous sûr qu'il le prendra bien ? Vous savez, ce n'est pas vraiment le genre de personne qui aime se confier...*

— *Je ne sais pas s'il le prendra bien. Tout ce que je*

sais c'est qu'en allant le voir, tu comprendras, et retiendras certainement quelque chose. Quelque chose d'utile, pour l'avenir…
— *Que voulez vous dire ?*
— *Tu le sauras bien assez tôt.*
Jonas resta un moment silencieux. Perplexe, il recommença à fixer son ami. Il sentit de nouveau la tristesse se dégager de lui.
— *Quand me conseilleriez vous d'aller lui parler ?* demanda t-il à l'Ancien d'un ton curieux.
— *Je pense que tu sentiras toi-même le moment venir*, lui répondit-il.
Cette ultime recommandation clôtura la discussion.

Le soir venu, Jonas sentit justement le moment décrit par la voix venir jusqu'à lui. Tous ses amis étaient exténués, et tous ne réclamaient qu'une chose : pouvoir dormir. Ils eurent la chance de pouvoir exaucer leur vœu. Seul resta alors Antoine, encore une fois près du feu.
Contre un effort surhumain, le garçon ne se priva pas d'étendre ses jambes sur le sol. Jonas, lui, l'observait toujours avec attention. En vérité, il ne pouvait plus arrêter de le regarder. Toute la journée, il avait suivi minutieusement son évolution pour détecter le moindre signe de fatigue trop élevée. Or cette fois, il attendait que ce soit lui qui le regarde.
Au bout de quelques minutes, après l'assoupissement des deux autres adolescents, Antoine dirigea lentement son regard noir sur notre héros. A cet instant, ce dernier crut avoir choisi le mauvais moment. Il crut qu'Antoine allait lui hurler dessus, en lui ordonnant violemment de dormir. Mais encore une fois, il en fut tout autre.

— Qu'est ce que t'as à rester éveillé ? lui demanda t-il calmement en redirigeant ses yeux vers les flammes.

Ne sachant quoi répondre, Jonas se glissa seulement hors de son sac de couchage et se rendit au côté de son ami. En le voyant arriver près de lui, Antoine eut d'abord un petit mouvement de recul. Puis redemanda :

— Alors, qu'est ce que t'as ?
— Je sais pas... toi, qu'est ce que t'as ?

Antoine le fixa avec intérêt en plissant ses yeux fatigués.

— Si c'est pour me critiquer que t'es venu, t'as intérêt à retourner te coucher immédiatement.
— Anto' je sais ce que t'as fait hier soir.
— Ah oui, et qu'est ce que j'ai fait exactement ?

Il avait parlé légèrement plus fort. Jonas hésita un instant à tourner son regard vers les autres pour voir si Antoine ne les avait pas réveillés, puis garda finalement ses yeux face à son interlocuteur, pour garder toute assurance avec celui-ci.

— J'ai vu que quelque chose n'allait pas. Je t'ai vu quand tu as... Quand tu as...
— Quand tu as quoi ? cria presque Antoine, avec une mâchoire de plus en plus tremblante et des yeux de plus en plus humides.

Jonas resta immobile. La tristesse de son ami l'atteignait tellement qu'il était lui aussi sur le point de pleurer. La dureté avait quitté le visage d'Antoine. A présent, il ne restait plus qu'un adolescent comme les autres : un être sensible et émotif, dénué d'une coquille solide pour le protéger.

— Quand tu as quoi ? répéta Antoine qui cette fois s'exprimait librement en pleurant.

Jonas vit qu'il n'en pouvait plus. La fatigue, le chagrin... Toutes ces choses horribles rongeaient son ami de l'intérieur. Antoine tomba alors dans ses bras, et il l'accueillit sans le repousser. Il l'entendait gémir contre son épaule. Parfois même, Antoine se tapait la tête contre celle-ci comme pour exprimer sa rage.

Lorsque ce douloureux spectacle fut fini, les deux amis se retournèrent vers le feu.

— Tu es prêt à me le dire maintenant ? demanda Jonas, qui suivait toujours les conseils de la voix au pied de la lettre. Je t'en prie, explique-moi, tu te sentiras mieux après.

— Je penses que tu ne comprendrais pas, lui répondit Antoine en séchant ses larmes.

— Peut-être, mais sache que tu peux tout me dire. Si c'est pour que le voyage se passe mieux ensuite, ça ne pourra être qu'une bonne chose, crois moi.

Antoine hésita. Son regard toujours rivé sur les flammes qui dansaient, il soupira et choisit de laisser libre cours à ses pensées.

— Quelque chose me fait du mal Jonas, déclara t-il.

— Quoi ? Qu'est ce qui te fait du mal ?

— Il est dans ma tête...

Déconcerté, Jonas ne put qu'attendre la suite.

— J'ai l'impression qu'il me parle. Qu'il me conseille... continua Antoine.

Non plus déconcerté, Jonas était cette fois stupéfait !

— Qui te conseille ? demanda t-il avec empressement.

— Quelqu'un qui n'est plus de ce monde...

Tout semblait en effet indiquer qu'une voix similaire à celle de l'Ancien conseillait Antoine. Jonas hésita

pourtant à lui avouer que lui aussi quelqu'un lui
« parlait ».

— Et cette personne qui te « conseille », enjoint-il, elle t'a donné son nom ?

— C'est inutile, répondit Antoine. Je le connais déjà.

— Qui est-ce alors ? Je t'en prie, dis le moi Anto'.

Ce dernier fixa Jonas avec des yeux innocents. Un sourire fragile sur son visage, il ajouta d'un ton mystérieux :

— Tu te souviens du jour où je vous ai dit que mes parents avaient divorcé, à toi et aux autres ?

— Euh... oui. Je m'en souviens, répondit Jonas qui ne voyait pas le rapport.

— Et tu ne t'es pas demandé pourquoi ? Pourquoi ils s'étaient séparés ?

Jonas prit un air interloqué. Le pauvre ne comprenait plus rien. Il répondit tout de même :

— Eh bien... non. J'ai supposé qu'ils s'étaient disputés, ou qu'ils ne s'entendaient plus, comme la plupart des autres mais...

— Non, le coupa Antoine, en retournant son regard vers le feu. Ils ne se sont jamais disputés. En fait, ils n'ont même jamais voulu se séparer. Jusqu'à ce que... Jusqu'à ce que...

Le garçon bégaya quelques instants. Ses yeux d'un noir profond commencèrent à luire au dessus des flammes, de part l'humidité qui s'en détachait.

— ... jusqu'à ce qu'ils y soient forcés. Jusqu'à ce que mon père ne puisse plus regarder ma mère. Jusqu'à ce qu'il ne puisse plus lui sourire, ni la prendre dans ses bras. Jusqu'à ce qu'il ne puisse même plus se lever de leur lit comme tous les matins. Jusqu'à ce qu'il soit complètement paralysé. Paraplégique, finit-il en soupirant.

Jonas eut un haut le cœur. Il sentit un dérangeant frisson parcourir son corps.

— Quoi... Que... Qu'est ce que tu veux dire ? balbutia t-il abasourdi par ce qu'il venait d'entendre. Depuis quand... Depuis quand ton père est-il paralysé ?

Le garçon se sentait trembler de toutes parts.

— Ça doit bien faire deux ans et demi maintenant, répondit Antoine avec une tristesse sans nom. Depuis son accident sur la route nationale. A l'époque, on ne se connaissait pas.

Jonas se sentait complètement perdu. Son ami lui avait donc caché tout ceci ? A cet instant, il ressentait un bouleversement sans pareil.

— Mais je croyais qu'il s'était remis de cet accident, non ? rétorqua t-il. Ensuite, enfin je veux dire quand on a commencé à se parler au collège, tu nous as dit qu'il devait aller à l'hôpital régulièrement pour ses besoins de santé. Mais pas qu'il...

Jonas s'arrêta de parler. Il vit son ami recommencer à pleurer. Une nouvelle fois, il se rapprocha de lui, passa un bras autour de son épaule, et attendit une petite minute, le temps qu'il se calme.

Le garçon avait peine à digérer cette triste nouvelle. Pourquoi Antoine leur avait-il caché cela, à lui et ses amis ? Il savait bien sûr que son père avait eu des soucis médicaux suite à ce fameux incident qu'il n'avait pas connu. Mais, maintenant qu'il y pensait, son ami était toujours resté mystérieux à ce sujet...

Il aurait voulu lui poser tellement de questions. Pourquoi ne rien leur avoir dit ? Pourquoi avoir tout supporté seul ? Mais quelque part, Jonas comprenait. Il arrivait à concevoir le fait qu'Antoine n'ait rien voulu leur dévoiler. En y pensant bien, il se dit même que c'était une réaction naturelle qu'il avait eue. Il en revint donc à l'essentiel :

— Mais du coup, demanda t-il d'une voix apaisante une fois son ami calmé, explique moi, quel est le lien avec ce fantôme qui te conseille ?

Jonas était toujours pressé d'obtenir une réponse.

— Tu n'as donc toujours pas compris...

Jonas plissa les yeux et observa son ami d'un air curieux.

— À cause de son accident, Papa est tombé dans le coma, depuis maintenant deux ans, expliqua Antoine. Sa blessure n'a fait que s'étendre au cours des mois. Aujourd'hui, il ne se réveille plus. Et même si les médecins le gardent encore en vie, ils disent qu'il y a peu de chances pour qu'il se réveille un jour. Que ce soit dans quelques mois, quelques semaines ou peut-être même demain, il mourra bientôt... Alors, pour moi, comme pour ma mère, c'est comme s'il était déjà mort.

Jonas ne sut que répondre. Il se retint de pleurer pour ne pas causer plus de peine à son ami.

— Je suis vraiment désolé, lui dit-il simplement.

— Je n'ai jamais voulu en parler, ajouta Antoine en relevant sa tête. Parce que j'avais honte. Honte d'avoir dû quitter mon propre père, dans de telles circonstances. Honte de ne pas avoir été là, au moment où tout aurait pu être différent... Honte d'en parler, et de l'assumer publiquement.

— Tu n'as pas à avoir honte, le rassura Jonas. Ce n'est pas toi qui as causé l'état dans lequel il est aujourd'hui. C'est juste la vie...

— Qu'est ce que tu en sais ? J'aurais pu l'accompagner ! Il était seulement parti faire un tour... répliqua Antoine, une nouvelle fois saisi par le chagrin.

— Oui mais qui te dit que tu aurais pu changer quelque chose ? Si ça se trouve, tu te serais retrouvé dans la même situation que lui !

A force de parler si fort, les garçons pensaient avoir réveillé les deux autres. Jetant tous les deux des regards en direction des sacs de couchage, ils furent soulagés en voyant que Noah ronflait toujours, et que Sam restait aussi immobile qu'un cadavre à terre.

— Sa situation, reprit Antoine en fixant durement les flammes qui lui rappelaient l'accident, crois moi j'aurais tout fait pour l'éviter ; si j'avais su à l'avance tout ce qu'elle allait engendrer. D'abord, à cause de cet accident, je n'ai jamais pu entendre ses derniers mots. Tu vois Jonas, nous nous étions disputés ce soir là. J'aurais tant aimé que nous nous réconciliions. Cela nous aurait au moins permis de nous quitter en paix... Ensuite, ma mère a dû divorcer, pour refaire sa vie, mais à contrecœur, sans même qu'ils puissent se dire au revoir. Enfin, j'ai dû moi aussi le quitter, en gardant comme dernière image de lui : un visage triste et livide, figé dans une éternelle froideur... Alors, oui Jonas, j'aurais tout fait pour le sauver. Quel qu'en soit le résultat. Quel qu'en soit le prix.

Jonas garda le silence un instant. Comme pour exprimer son deuil.

— Crois moi, mon pote, tu n'aurais rien pu faire, finit-il par dire d'un ton rassurant. Mais ce n'est pas pour que ça que ton père t'en aurait voulu. Je suis certain qu'aujourd'hui, dans son sommeil permanent, il pense à toi et à ta mère. Je suis sûr qu'il rêve de vous. Je suis sûr qu'il vous aime.

Antoine ne répliqua pas. Il paraissait seulement soulagé d'avoir enfin raconté cette histoire à quelqu'un.

Soufflant un bon coup, il ajouta pourtant :

— Toujours est-il que maintenant il me poursuit. J'ai l'impression qu'il est là, que son esprit me hante et que le mien ne peut pas se défaire de lui. Encore moins en ce moment…

Jonas avait à présent compris que ce n'était pas une voix comme celle de l'Ancien qui parlait à son ami. Mais uniquement un souvenir traumatisant qui le hantait.

— Dis toi seulement qu'il est en paix. Et tu sais, lui dit Jonas, la mort à deux facettes. L'une d'entre elles a celle d'un piège accablant. L'autre, celle d'un repos infini. Tu penses vraiment que c'est en le prenant pour quelqu'un qui te hante qu'il arrivera à se reposer là où il ira… quand son heure viendra ?

Antoine ne chercha pas à comprendre d'où sortait cet étrange discours. Il sourit simplement en guise de réponse. Reprenant son air sérieux, il ajouta :

— Où qu'il soit, et où qu'il aille, j'espère qu'il va bien… Mais je suis sûr qu'un autre va mal. Tu comprends maintenant ? Nous avons une chance de sauver quelqu'un qui nous est cher. Je ne permettrai jamais que nous ne réussissions pas.

— Mais nous réussirons, rétorqua Jonas en le regardant cette fois très sérieusement lui aussi. Et tu n'as pas besoin de t'infliger autant de dureté pour que nous y arrivions.

— Mais…

— Mais non ! le coupa Jonas. C'est inutile et ça ne fera qu'empirer les choses.

Antoine se tût. Il avait visiblement compris la leçon. Le jeune homme leva alors les yeux vers le ciel, observa les mille étoiles qui le peuplaient, et commença doucement à rêver, à imaginer, et à penser au meilleur. A accepter aussi, ce dur souvenir qu'il avait, comme une pensée nouvelle, dans son cœur...

Jonas lui, le laissa contempler la nuit, et comprit que l'heure était venue pour que la discussion se termine.

Quelques minutes plus tard, une sonnerie retentit. Elle était à un volume très bas, et provenait de la montre au poignet d'Antoine. Il était vingt trois heures.

— Tu devrais aller dormir, lui dit Jonas.

Antoine fit mine de ne pas l'entendre.

— Je crois que je me suis mal fait comprendre, ajouta-t-il, je vais prendre ta place, et toi, tu vas dormir !

Antoine manqua de pouffer de rire. Il se leva, le sourire aux lèvres, et se dirigea vers sa couche.

— Ah, au fait Jonas, lui dit-il avant de se blottir sous sa couverture.

— Oui ? répondit celui-ci.

— Je ne me suis jamais excusé pour l'autre jour.

L'autre jour ? Quel autre jour ? se demanda Jonas. En voyant que son ami ne comprenait pas, Antoine clarifia :

— Tu sais, quand tu voulais nous dire toutes ces choses, et moi, je ne voulais pas te croire.

Maintenant, il se rappelait.

— Oh, t'inquiètes pas, t'es excusé depuis longtemps ! Ah ! Ah !

— Peut-être, mais tu as quand même réussi à me

prouver quelque chose, et je ne t'ai pas cru. Maintenant, je sais qu'il n'y a pas que les maths et la physique qui comptent. Je sais qu'on peut comprendre le monde sous d'autres formes...

— La confiance, déclara Jonas instinctivement.

Antoine sourit pour approuver cette suggestion, et se retourna dans son sac de couchage. A cet instant, il s'endormit, très certainement exténué au plus haut point.

Jonas resta alors seul près du feu. Il avait appris tellement de choses ce soir. De la part d'Antoine déjà, qui lui avait révélé tant de secrets en si peu de temps. Mais aussi autre chose. Et cela, il l'avait sans doute appris tout seul, ou par le biais des conseils de l'Ancien peut-être.

Ce soir, Jonas avait compris que derrière le masque que chacun porte en société, se dégage autre chose. On ne peut juger quelqu'un seulement grâce à ce masque. Il faut aller voir plus loin. Le visage d'une personne ne reflète pas qui elle est. Il faut qu'elle vous ouvre son cœur pour vous le faire découvrir.

Jonas avait beau connaître Antoine depuis quelques temps maintenant, jamais il ne l'avait fait avec lui. Jamais, jusqu'à ce soir, ce sentiment qu'il avait évoqué n'avait été aussi puissant entre eux. Cette chose que l'on appelait : « la confiance ».

Chapitre 12 :
9 Novembre

« Ainsi revint, pour un court instant, le temps de l'innocence. »

Lorsqu'il avait terminé sa surveillance vers deux heures du matin, Jonas avait demandé à Sam de le relever, et d'informer Noah qu'ils ne se lèveraient pas avant neuf heures le matin venu. Sam n'avait pas cherché à comprendre, et avait promis d'exécuter cette demande.

A son réveil, Antoine avait eu le droit à divers regards en coin, comme si les autres attendaient une réaction de sa part. D'abord étonné en voyant l'heure, le jeune homme avait de suite regardé Jonas, qui lui avait répondu par un simple sourire. Alors, Antoine avait souri à son tour, et tous deux s'étaient compris. Ce temps de sommeil supplémentaire avait été nécessaire pour le bien-être du groupe.

En reprenant leur périple, les garçons gardèrent leur silence habituel. Noah et Sam avait l'air surpris face aux mines complices qu'arboraient Antoine et Jonas aujourd'hui, côte à côte. Sam semblait même méfiant face à cela.

En effet, Antoine était à présent devenu plus doux et optimiste grâce à son confident de la veille. Il l'avait d'ailleurs remercié discrètement ce matin pour ce qu'il avait fait, avant que Jonas lui ne lui réponde solennellement, en posant sa main sur son épaule : « Tu sais, je serai toujours là pour toi si tu as besoin de parler ». Antoine l'avait d'abord pris au sérieux, puis s'était soudainement mis à rire pour traduire sa gêne.

Toujours au devant du groupe, il avait également recommencé à marcher plus vite. Mais, ayant abandonné sa démarche violente de soldat qui partait en guerre, il laissait ainsi, derrière ses pas, une bonne ambiance de voyage. Un sentiment nouveau que ne comprenaient pas forcément les deux garçons qui fermaient la marche...

Après deux jours tristes, angoissants et mauvais, ils avaient donc le droit à une belle journée ! Le soleil brillait de nouveau, et le ciel était redevenu bleu. Tandis que les nuages semblaient dessiner un beau sourire au dessus des adolescents. En bref, tout allait pour le mieux !

Marchant le long d'une allée, les quatre arrivèrent bientôt à l'entrée d'une ville. C'était la première qu'ils rencontraient depuis le début de l'aventure, puisqu'ils n'étaient encore jamais sortis de la campagne, des arbres et des champs. Celle-ci leur parut alors si bruyante, si dérangeante et si crasseuse. Les garçons n'avaient tellement plus l'habitude de voir, d'entendre et de sentir autre chose que la nature, qu'une telle chose leur semblait néfaste ! Au-delà de leurs habitations déjà situées en campagne, les adolescents s'étaient petit à petit habitués à « vivre » dans un environnement plus authentique. Et visiblement, ce dernier avait déjà conquis leur cœur (ou du moins leur très large préférence par rapport aux milieux urbains).

Traçant leur chemin le plus vite possible, pour échapper à ce lieu qui nuisait surtout à leur furtivité, les quatre adolescents se dirigèrent ensuite en direction du sud. Allant jusqu'à traverser des nuées d'arbres, pour revenir sur une route plus axée vers leur destination finale.

— *Alors mon garçon, comment vas-tu aujourd'hui ?* lui demanda subitement la voix, alors que Jonas longeait la route. *As-tu discuté avec ton ami comme je te l'avais conseillé ?*

— *Je vais bien*, répondit d'abord Jonas poliment. *Et effectivement, je lui ai pas mal parlé hier soir. Il m'a tout raconté.*

— *Bien. Surtout ne m'en dis pas plus, je ne m'estime pas en droit de connaître son histoire. Le principal est que tout aille mieux pour lui.*

— *Comme vous voudrez*, répondit Jonas.

— *Cependant, il y a une chose que j'aimerais savoir*, ajouta l'Ancien, *Comme je te l'ai déjà dit hier, tu as sans doute dû retenir quelque chose de cette discussion. Si j'ai bien réussi à cerner le cas de ton ami, il est même sûr que tu l'ais comprise.*

— *Eh bien, pour tout vous dire...* hésita Jonas, *Je crois que oui. Mais est-ce vraiment aussi simple que ce à quoi je pense ?*

— *Si la confiance était une chose simple mon garçon, crois moi, le monde se porterait beaucoup mieux.*

Jonas avait donc bien pensé.

— *C'est vrai*, dit-il. *D'ailleurs, ce à quoi je pensais était beaucoup plus compliqué...*

— *Laisse moi deviner... tu as pensé à la métaphore des masques, c'est cela ? J'y ai moi-même songé autrefois.*

Jonas était surpris. Comment se faisait-il que l'Ancien ait pensé à la même chose que lui ?

— *C'est exactement ça...* dit-il suspect.

— *Cela ne m'étonne pas. La « confiance », c'est là qu'elle se cache mon garçon. Derrière ce masque. Et, quelque part, au plus profond de nous, nous en avons tous un. Sauf qu'il est invisible ! Et cela ne se remarque pas lorsque nous l'enlevons ! Hier soir Jonas, je pense que ton masque est tombé. Tu as d'abord inspiré confiance à ton ami pour que ce soit réciproque. Tu n'as pas eu peur d'aller le voir comme je te l'avais conseillé. Au final, tu as même fait ce que peu de gens auraient fait, car aujourd'hui il est bien trop dur d'écouter réellement le malheur de son prochain ! Et c'est ce qui fait toute la grandeur de ton acte. C'est avec le courage que vient la confiance mon garçon.*

Jonas admirait ce langage qu'employait l'Ancien. Il admirait aussi toute cette leçon. Si simple, mais si vraie.

— *Et, vois-tu,* continua la voix, *c'est en voyant les morts arriver chaque jour au cosmos des défunts, que je me suis rendu compte que de moins en moins d'hommes avaient vraiment eu confiance envers autrui. De là à ce que même leurs plus grands secrets ne soient jamais révélés, et ce, même après leur décès ! Pour moi qui suis là-bas depuis bien longtemps, crois moi il n'est pas difficile de distinguer les hommes les uns des autres. Ceux qui sourient, s'exclament, paraissent presque innocents, et ceux qui ont la démarche langoureuse, les traits lourds et le visage vide de sens. On voit toute de suite à leur allure si dans leur vie la confiance a primé, ou si au contraire ils l'ont négligée. Malheureusement, vois-tu je crois croiser bien plus d'hommes de la seconde catégorie... Et pourtant*, finit-elle d'un ton moralisateur, *c'est quelque chose d'important. Tous les hommes en ce bas monde semblent décidément l'oublier, mais la confiance est importante. Alors, toi Jonas, brise ce masque. Retire-le une fois pour toute. Ais pleinement confiance en tes amis, pour qu'ils te donnent la leur au besoin...*

Cette fois, le jeune homme pressentit quelque chose. Il eut la vague impression que l'Ancien avait été fouillé dans ses pensées pour parvenir à ses secrets les plus profonds. Et qu'il l'incitait, par le biais de cette leçon, à les révéler auprès de ses pairs. Chose qu'il n'avait, pour l'instant, pas l'intention de faire.

Sans doute trop imaginatif, il oublia cela et passa à autre chose.

— *Monsieur*, demanda t-il gentiment, *euh pardon « l'Ancien »*, si *ce n'est pas trop indiscret, avez-vous été philosophe ou poète dans votre vie* ?

Il avait dit cela pour varier la discussion.

— *Ah ! Ah !* s'esclaffa le vieillard de son rire fragile. *Non mon garçon, j'ai été prêtre.*

— *Oh...* répondit Jonas, qui de suite parut moins enthousiaste à l'idée de reposer une question.

Un silence dérangeant s'installa alors entre les deux interlocuteurs. Avant que l'Ancien ne s'empresse lui-même de le briser :

— *Mais enfin, je ne vais certainement pas te raconter ma vie* ! dit-il comme pour échapper à une discussion comme celle-ci. *Allez, marche donc, et fais attention !*

Jonas ne sut pas si cela avait été une coïncidence ou non, mais dès que l'Ancien lui intima cela, une voiture de police commença à se distinguer au loin. A moitié plongé dans ses pensées, il eut besoin d'être quelque peu secoué par Antoine pour se mettre à l'abri. Celui-ci l'entraîna alors dans les champs, et le pria de se coucher à terre avec les autres. Tous collés entre leurs sacs, les garçons entendirent peu à peu le bruit de moteur se rapprocher. Et plus il était proche, plus ils sentaient leur pouls s'accélérer. Antoine ne manqua pas de les conseiller durant ce moment de panique. A l'instant où le véhicule fut vraiment proche, les garçons fermèrent les yeux. Puis, ils n'entendirent plus rien. La voiture semblait s'être arrêtée. Ils distinguèrent un bruit de portière claquer juste en face d'eux. En relevant la tête, Noah vit un homme se pencher au bord de la route. Il ne mit que peu de temps avant de rabaisser ses yeux, un air de dégoût sur son visage.

— Qu'est ce qu'il y a ? murmura Sam.
— Ecoutes… répondit seulement Noah en soupirant.

Ils entendirent alors le bruit d'un giclement, puis celui d'un ruissellement sec accompagné d'un « Ah… », de soulagement. Effectivement, un agent de police s'était arrêté pour uriner à quelques mètres d'eux.

Après cette mésaventure pour le moins grotesque, les garçons avaient continué de marcher jusqu'à la toute fin du crépuscule (comme à leur habitude). Ils avaient bien sûr fait quelques pauses, mais visiblement cela n'avait pas suffit, car ils semblaient tous presque aussi fatigués qu'hier.

A ce moment-ci, leurs jambes étaient allongées autour du feu de camp, et ils mangeaient des pots de compote en guise de dessert. Les deux qui paraissaient encore les moins épuisés étaient Sam et Antoine. Le premier n'ayant cessé de garder un regard suspicieux vis-à-vis du deuxième.

Quant à Jonas, il avait longuement réfléchi à ce que lui avait raconté l'Ancien. Se disant qu'il était d'accord sur un bon nombre de points : la confiance était quelque chose d'important ; le « masque » méritait d'être brisé plus souvent ; et l'harmonie dans les relations amicales était primordiale. Mais d'un autre côté, ne fallait-il pas garder certaines choses pour soi ? N'avait on pas le droit d'avoir des secrets ? Nos proches devaient ils tout savoir de nous ? Ces questions Jonas y pensait chaque jour. Et les révélations de la veille l'avaient encore fait beaucoup réfléchir à ce sujet.

Alors que la nuit cachait presque les dernières lueurs incarnadines de l'ouest, Sam leva les yeux vers Antoine, un malin sourire aux lèvres. En à peine quelques secondes, il plongea gracieusement sa cuillère réutilisable dans sa compote, arma l'objet du dessert, et en fit office de catapulte ! Le projectile valsa alors jusqu'au manteau d'Antoine, où il s'écrasa en dégoulinant. A cet instant, Jonas crut le pire. Il crut qu'Antoine allait enrager de nouveau, et que la mauvaise ambiance reviendrait soudainement.

Observant la tache de compote sur son manteau, le génie du groupe garda le visage figé en un sourire lui aussi. En moins d'une seconde, il agrippa une bonne portion de compote avec sa cuillère, et contre-attaqua. Visiblement, Sam semblait moins réjoui à la vue de

cette tâche sur sa veste en jean. Noah se mit alors debout et tenta une leçon commune :
— Bon les mecs arrêtez là ! Vous êtes des gamins ou quoi ? C'est inutile ce que vous fai...

Il se prit une plâtrée de compote en plein visage. Tout le monde pouffa de rire devant cette scène absurde. La bouche grande ouverte, les yeux fermés, Noah alla finalement chercher volontiers sa compote pour participer à ce qui semblait se transformer en un jeu. Il en lança alors sur le seul qui n'avait pas été touché. Et Jonas se força presque à s'amuser avec eux...

Ils continuèrent ainsi (comme de vrais gamins pour le coup), à se battre avec de la compote, jusqu'à ce que leurs manteaux soient tous recouverts de tâches. Chacun riait, s'exclamait de joie et d'amusement. Heureusement qu'ils se trouvaient dans un lieu isolé des habitations, car sinon il y aurait eu de fortes chances qu'ils se fassent repérer...

A vrai dire, c'était bizarre pour eux. C'était un jeu si enfantin, si immature. Jonas pensait que si Sam l'avait déclenché, c'était seulement pour voir la réaction d'Antoine. Et il avait eu ce qu'il voulait. Une preuve de l'attitude vraiment nouvelle de la part de ce dernier.

Au cours du jeu, Noah avait mit un peu de musique avec sa petite enceinte. Cela rythmait la partie qui paraissait hors du temps. Le sérieux les avait quitté. Certains s'étaient mis à courir tout autour du feu pour échapper aux terribles assauts de compote. Alors qu'il battait en retrait, Jonas croisa le regard de Sam. Celui-ci semblait l'observer depuis un bon bout de temps. Il avait ses yeux figés sur lui, et Jonas ne comprenait pas vraiment pourquoi. Mais dès qu'il le fixa à son tour d'un air interrogateur, Sam rabattit doucement son regard devant lui. Cela avait été un infime instant très étrange. Et bien qu'il aurait pu signifier quelque chose de simple, Jonas s'en vit quelque peu troublé. Il fut bientôt rattrapé par la bataille.

Celle-ci se termina lorsque tous les garçons eurent entièrement vidé leurs pots. A présent, leurs manteaux étaient bons à être lavés. Mais comment ? Ils frottèrent ensemble les tâches, histoire de retirer la couche supérieure. « Nous aviserons demain pour le reste. » avait dit Antoine. Dans tous les cas, ils semblaient tous avoir passé un bon moment. Un moment teinté d'innocence (sentiment qu'ils ressentaient de moins en moins malheureusement).

Une fois couché aux alentours de vingt et une heures, Jonas grava sa phrase fétiche sur le sol. Il était presque devenu fier d'exercer ce petit rituel chaque soir avant de dormir.

Cette nuit, la mélodie avait commencé avant même qu'il ne ferme les yeux. Très certainement parce que l'Ancien savait qu'il devait dormir. Cela allait être une nuit reposante, il le sentait. Après ces quelques unes souvent mouvementées ou angoissantes, il sentait que celle là allait être la bonne. Ou du moins, il l'espérait.

Chapitre 13 :
10 Novembre

« L'insouciance est malheureusement une période souvent bien trop brève. »

Sa nuit avait peut-être été la plus reposante, mais en aucun cas la plus longue. Jonas se leva tôt au matin. Réveillé dès sept heures par Antoine, pendant que les autres dormaient.

Le génie avait assuré la dernière garde de nuit, et avait par la même occasion découvert l'existence d'une marre d'eau claire, à moins d'une cinquantaine de pas de leur camp. S'étant dit qu'elle aurait pu leur être utile pour nettoyer les manteaux, il l'avait ainsi réveillé.

Jonas l'aida donc à transporter les affaires jusqu'au petit point d'eau ; et un nettoyage débuta. Astiquant et frottant les vêtements telle une méthode venue d'outre temps. Ils avaient remonté leur pantalon jusqu'aux genoux, et s'efforçaient de ne pas tomber à l'eau. Le froid de novembre faisait hérisser leurs poils. L'eau quant à elle, leur faisait presque du bien. Elle détendait leurs muscles qui marchaient en permanence depuis cinq jours maintenant.

Lorsqu'ils eurent fini, les deux garçons s'assirent au bord de la marre, toujours les jambes à l'eau. Ils écoutèrent les oiseaux chanter autour d'eux, tout en observant avec intérêt les belles fleurs qui entouraient le point d'eau.

Il était déjà huit heures passées lorsque les adolescents entendirent une soudaine exclamation derrière eux. C'était Noah. Ils firent volte-face et le virent, torse nu, qui courait se jeter à l'eau. Noah n'était certainement pas un frileux, mais les garçons se demandèrent tout de même quelle idée folle lui était passée par la tête.

Il fut bientôt rejoint par Sam, qui le suivait de prêt. Ce dernier semblait plus fatigué car il avait eu droit à la garde de nuit la plus longue. Antoine et Jonas, eux, se tenaient maintenant debout près de la marre, et observaient ce spectacle avec surprise.

— Bon alors les mecs, vous avez peur de vous les geler ! leur lança stupidement Noah pour les inciter à venir.

Sam rit à son tour, et les garçons restés sur le bord se trouvèrent forcés d'y aller. Ils se dévêtirent en posant leurs vêtements à terre de manière à ce que l'eau ne les touche pas, et allèrent ensuite rejoindre leurs amis dans la marre.

Elle semblait moins fraîche lorsque l'on y mettait tout son corps. Ainsi, l'eau claire effaçait les odeurs indésirables et purifiait leur peau ; toutes plus ou moins mâtes. Noah avait la plus bronzée, c'était certain. Antoine lui, la plus claire. Tandis que Sam et Jonas eux se situaient à mi-chemin entre les deux.

Finalement, ce n'était pas une si mauvaise idée qu'avait eu Noah. Sans vraiment jouer comme ils l'avaient fait hier, les garçons se détendirent alors autrement que par le sommeil. Plongeant dans l'eau,

Jonas eu l'impression de changer de monde. A travers ses sens, il se voyait ailleurs. Or, c'était un voyage bien plus délicat que les perceptions de pensées. C'était un périple intime au dessous de la terre, qui faisait simplement du bien à l'esprit et au corps. Comme si la réalité n'existait plus pendant un instant, et que seul lui subsistait dans ce monde qui lui était propre. La vie ne signifiait alors plus rien. La mort aussi. Seul un rêve aurait pu symboliser cet instant unique. Comme dans un temps où plus rien n'avait de limite. Comme dans un temps où presque plus rien n'avait d'importance.

En émergeant de l'eau, Jonas redécouvrit cette fraîcheur extérieure, ce parfum de nature, ces exclamations autour de lui, et ses amis torses nus qui parlaient en s'amusant. Tournant son regard un peu partout, il croisa une nouvelle fois celui de Sam.

Ils se fixèrent un moment (ou plutôt Sam le fixa), jusqu'à ce que les cris des autres ne viennent les ramener à la réalité. Jonas n'avait encore pas compris pourquoi. Pourquoi Sam le regardait-il avec cet air si malicieux et innocent à la fois ?

Lorsqu'ils décidèrent de sortir de l'eau, un nouveau feu fut établi dans le camp. Les garçons avaient absolument besoin de se réchauffer après ce bain froid. Tous grelottaient, enroulés dans leurs couvertures. Seul Noah ne claquait pas des dents. *Toujours le plus chaud celui-là* ! se dit Jonas. En effet, hormis ses blagues, et le fait qu'il n'aimait pas passer pour une victime, Noah était également plein de chaleur ! Il l'appréciait et aimait beaucoup en dégager avec sa bonne humeur. Enfin, même si le terme « bonne humeur » ne pouvait s'appliquer que lorsqu'il s'amusait. Car sinon, en ce qui concernait le travail, Noah était toujours un pessimiste accompli !

Ils s'étaient ensuite rhabillés chacun dans leur coin avec de nouveaux vêtements. Laissant les affaires mouillées à l'intérieur d'une couverture, enroulée proprement dans leurs sacs respectifs. Au bout de six jours, c'était effectivement l'occasion de se changer !

Remballant leurs affaires, les adolescents repartirent bientôt à l'aventure dans leur quête de l'Echangeur. Pour la plupart, plus motivés que jamais !

A travers les infinités de plaines verdoyantes et isolées qu'ils traversaient, le vent soufflait constamment. Plus ils s'étaient approchés de leur destination, plus il avait été fort. Comme une éternelle brise qui soit les freinait, soit les poussait vers l'avant. Dans tous les cas, elle était de plus en plus sifflante. Et parfois Jonas la confondait avec la voix de l'Ancien.

— *Bonjour mon garçon*, lui dit-il ce matin.
— *Bonjour Ancien.*
— *Comment vas-tu aujourd'hui ?*
La voix lui parut fébrile.
— *Je vais bien et vous, tout va bien ?*
La voix ne répondit pas.
— *Tout va bien monsieur* ? redemanda Jonas.
Cette fois, elle répondit :
— *Je vais bien mon garçon, je vais bien. A vrai dire, moi aussi je me questionne trop souvent ces temps-ci.*
— *Ah oui, à quel propos ?*
— *Oh crois moi, tu n'as pas besoin de savoir. Ce n'est pas vraiment important.*

Jonas parut troublé mais accepta. Il se dit qu'à son instar, l'Ancien avait peut-être besoin de garder certaines choses pour lui.

— *Comme vous voudrez. Mais, étant donné que vous me parlez de questionnement, sachez que j'ai beaucoup réfléchi à votre leçon d'hier.*

— *C'est très bien mon garçon, c'est très bien,* répondit l'Ancien d'un air fatigué.

— *Je me suis donc dit que pour briser le masque avec mes amis, je vous présenterai à eux.*

En effet, Jonas y avait déjà longuement réfléchi. Et s'étant imaginé qu'il n'aurait pas besoin de transmettre de pensées à quiconque, il se disait que cela ne pouvait être que bénéfique. L'Ancien resta pourtant un nouvel instant muet avant de répondre.

— *Je comprends bien ce que tu souhaites mon garçon,* finit-il par dire, *Mais je ne suis pas certain que ce soit une bonne chose. Tu sais, la mort est une chose compliquée. Et tes amis n'ont pas besoin d'en savoir plus avant qu'elle ne vienne à eux. Je ne souhaite donc pas que tu me fasses connaître.*

— *Mais pourquoi ?* s'indigna Jonas.

— *Je viens de te le dire !* s'énerva presque l'Ancien, avec toujours une part de fatigue dans sa voix. *Tu, tu,...*

Il bégaya jusqu'à ce que plus rien ne puisse sortir de sa bouche.

Jonas ne comprenait pas. Les propos actuels de l'Ancien étaient incohérents avec ceux passés. Il lui avait lui-même dit que la confiance était importante, et que le fait de « briser le masque » l'était d'autant plus...

— *Mon garçon...* reprit-il avec une voix emplie de chagrin. *Tu ne comprends pas, et tu ne peux pas encore comprendre. Mais ce que tu as, ce don, il n'est pas partageable...*

— *Mais je ne veux plus transmettre de pensée* !

— *Là n'est pas la question* ! *Le jour où je t'ai murmuré tous ces conseils pour t'aider dans ta quête, c'était quelque chose de nécessaire. Mais maintenant tu ne dois plus rien partager ; plus rien dire. Plus rien du tout, tu m'entends* ?

— *Oui, oui*, répondit Jonas, qui cette fois semblait se plier à la volonté de celui qui était devenu sa voix de la sagesse.

— *Honnêtement mon garçon*, poursuivit la voix, *ce qui t'arrive n'est pas facile. Ce don n'est pas forcément quelque chose de très bon. Mais tu dois le porter. Même au-delà de tout, tu dois le porter.*

Jonas comprenait. Il acceptait lui-même qu'il allait devoir le garder toute sa vie. Qu'il allait peut-être même devoir parler à l'Ancien toute sa vie.

— *Néanmoins, tu dois également faire confiance*, ajouta t-il. *Vois-tu, mise à part ce don qui t'a sans doute été prédestiné, rien ne t'empêche de briser le masque. Et comme je te l'ai déjà dit : si tu as des choses à avouer, avoue-les toujours...*

Ce bref changement de discussion avait permis à Jonas de se remémorer sa méfiance d'hier. Il était à présent convaincu que l'Ancien avait fouillé dans ses pensées. Mais il voulait en avoir le cœur net.

— *Pourquoi me dites-vous cela ? Qu'aurais-je à avouer d'après vous ?*

— *Et bien je ne sais pas, quelques petites choses...*

— *Vous avez été fouiller dans mes pensées. Avouez-le.*

La voix se tut une énième fois. Ce silence empli de lâcheté agaça d'autant plus Jonas. Il voulait que l'Ancien avoue clairement.

— *Je te demande pardon mon garçon,* s'excusa t-il finalement, *mais tu ne peux pas savoir à quel point cela me fait du bien de les explorer. Grâce à elles, je peux m'épanouir dans des choses que je n'ai jamais pu...*

— *Vous ne le ferez plus jamais ! Promettez-le moi.*

— *Mais mon garçon, à qui voudrais tu que je révèle tes secrets enfin...*

— *Promettez-le !*

Cette fois-ci, Jonas avait peut-être été un peu trop dur.

— *Je te le promets*, répondit finalement l'Ancien avec sincérité. *Mais tu devrais en discuter avec tes amis, au moins. Tu sais ce n'est pas un mal. Cela te ferait sans doute le plus grand bien...*

— *Je ne veux pas de vos conseils à propos de ça ! Je déciderai moi-même.*

— *Comme tu voudras mon garçon, comme tu voudras...*

La discussion entre l'Ancien et Jonas s'était aujourd'hui terminée sur une note quelque peu amère. Jonas avait eu un peu de mal à digérer le fait que son conseiller n'ait pas tenu sa promesse. A vrai dire, cela avait même carrément plombé sa journée ; qui elle de l'extérieur restait pourtant très belle. Une douce routine de voyage semblait s'installer. Ainsi que certaines nouveautés. Par exemple, une sieste de trois heures avait été établie. Elle permettait aux garçons de se reposer après leur déjeuner, soit de midi à quinze heures. Ils marchaient donc un peu plus après, mais avec l'énergie suffisante.

Enfin, la nuit venue, les garçons se fichaient presque de l'endroit où ils couchaient. Mise à part l'isolation par rapport aux habitations, peu leur importait. Qu'ils dorment dans un champ, une plaine ou une forêt ; à présent, ils connaissaient tout.

Après avoir dîné ce soir là, ils partirent se coucher sereinement. Juste avant de fermer les yeux, Jonas observa Sam, assis près du feu. Il était chargé de la première veillée de nuit.

Jonas avait confiance en Sam. Il était son plus fidèle ami (avec Thomas), et ne l'avait jamais trahi. Même avant la disparition du dix huit juillet, il avait toujours été là pour lui. Mais ses étranges regards qu'il remarquait fréquemment chez lui maintenant, le laissaient embarrassé. Qu'avait-il vraiment à le fixer ?

La dernière image que Jonas vit de son ami, avant de clore ses paupières, le laissa une nouvelle fois mal à l'aise. Ce que le garçon avait vu était encore plus mystérieux et intrigant dans la pénombre du soir : seulement deux points blancs. Deux pupilles lumineuses qui semblaient toujours le scruter à travers la nuit.

Chapitre 14 :
11 Novembre

> « *Etrange est cette chose*
> *que l'on appelle l'adolescence.* »

Cela faisait maintenant une semaine que les garçons marchaient. La moitié du voyage. La fatigue était déjà bien présente, certes. Mais avec les différentes initiatives qui avaient été prises pour les préserver, tous semblaient tenir. Ils se couchaient plus tôt (pas plus tard que vingt-et-une heures) et se levaient tard (pas avant huit heures). Maintenant, on marchait aussi moins vite depuis qu'Antoine était redevenu calme. Et l'on pouvait toujours compter sur la sieste de l'après-midi.

Un autre point positif était que les garçons restaient toujours motivés. Aucun ne semblait découragé par cette marche quotidienne, qui pouvait paraître lente et redondante. Ni technologie, ni école ne leur manquait. Le seul qui commençait peut-être à s'ennuyer était Noah. Le jeune homme avait l'habitude de s'amuser et de profiter pleinement de sa liberté. C'était sans doute pour cela qu'il s'était un peu « lâché » durant ces deux derniers jours.

Aujourd'hui était un jour nuageux. Une météo nouvelle, avec des couleurs grises qui ne présageaient rien de bon. Durant cette journée, certains n'avaient pas arrêté d'observer le ciel avec peur, craignant l'arrivée d'une dépression dans le département.

Ils se trouvaient à présent au sud de la Saône-Et-Loire, et selon les calculs d'Antoine, ils s'apprêtaient à passer dans la région Rhône-Alpes. Les paysages allaient alors bientôt changer. Les montagnes allaient prendre le pas sur les plaines, et le blanc sur le vert...

Pendant sa marche, Jonas ne reçut aucune parole de l'Ancien. Celui-ci s'en voulait peut-être. Après coup, Jonas s'était dit qu'il avait été un peu dur avec le pauvre homme. Il avait réagi avec égoïsme et insensibilité. Mais sans doute était-ce la chose que l'Ancien lui avait découverte qui l'avait mis en rogne ; et non la personne en elle-même.

Sam, quant à lui, le fixait toujours. Jonas avait à présent presque peur de son ami. Quelque chose d'étrange s'était installé entre eux depuis ces derniers jours. Une sorte de tension.

La sieste venue, les garçons se couchèrent dans un coin d'herbe sec, couvert par des chênes. Sans sac de couchage, ils finirent par fermer les yeux.

Jonas rêva. Il pensa à Thomas et au fait qu'ils se reverraient bientôt. Il s'imaginait déjà pouvoir le prendre dans ses bras, discuter avec lui et le regarder comme il le faisait autrefois. Il imaginait aussi les champs de son village. Au milieu d'eux, Thomas et lui, allongés par terre à regarder le coucher du soleil. Les rayons qui passaient à travers les céréales, et le rose du ciel qui les éblouissait. Un instant rempli de couleurs éclatantes, rendant le tableau féerique et inoubliable. En tout, un magnifique rêve...

Soudain, Jonas entendit le bruit aigu d'un oiseau qui le réveilla. Il ne bougea pas, et ne fit qu'ouvrir ses paupières. Il ne se rappelait plus qui était à côté de lui avant qu'il ne s'endorme. N'était-ce pas Antoine ? Apparemment non, étant donné qu'il était le suivant après celui qui se tenait vraiment face à lui.

Couché de profil, il vit directement le visage de Sam. Sa vision était troublée par son éveil progressif. Il cligna plusieurs fois des yeux pour que celle-ci se fasse plus nette. Il crut alors voir les yeux de son ami ouverts une nouvelle fois. Mais, comme par hasard, ceux-ci furent fermés lorsqu'il vit parfaitement…

La suite de l'après-midi se révéla être encore plus tendue entre les deux garçons. Enfin, surtout pour Jonas, qui s'éloignait cette fois le plus possible de Sam. Lorsqu'il sentait son regard tourné vers lui, il ressentait un étrange sentiment. Un mélange de peur, et de confusion. Il allait pourtant falloir qu'ils se parlent. Les deux devraient faire preuve de franchise l'un envers l'autre.

Ils arrêtèrent de marcher aux alentours de dix neuf heures. Ils avaient à présent franchi la délimitation départementale et se trouvaient dans l'Ain. A cet instant, on ne voyait plus les nuages pour le confirmer, mais un orage semblait se préparer. Comme s'ils l'avaient oublié, les garçons ne prirent aucune mesure et installèrent leur sac de couchage comme en temps normal. Ils s'étaient arrêtés dans une plaine isolée où la pluie pourrait facilement les atteindre. Mais cela, ils ne le comprirent qu'au temps du dîner.

Ce fut justement durant ce moment qu'ils entendirent

un terrible grondement venir du ciel. Antoine réagit de suite. Il courut vers son sac et en sortit un autre gros paquet, avant de le déballer à toute vitesse. Les autres découvrirent alors peu à peu un assemblage de pièces, destinées à former une tente. *Pourquoi ne l'avait-il pas sortie avant ?* se questionna Jonas comme tous les autres.

Les garçons aidèrent ensuite leur ami à bâtir ce qui, selon toutes vraisemblances, allait être leur logement pour la nuit. La tente était suffisante pour tous les accueillir et paraissait solide. On comprenait maintenant pourquoi le sac d'Antoine était si gros. Ni livre de physique, ni outil technologique ! Seulement un moyen de se protéger en cas d'averse. Maintenant, il ne restait plus qu'à attendre que la tente fasse ses preuves...

L'orage déferla sa vague de tonnerre vers vingt et une heures. Les adolescents étaient déjà couchés, mais n'avaient évidemment aucun espoir de dormir maintenant. Chacun avait donc patienté silencieusement, pendant près d'une heure (le temps que l'orage passe), pour pouvoir enfin fermer les yeux. A partir de ce moment, tous s'étaient doublement enroulés dans leur couverture (faute de feu), et avaient de suite commencé à somnoler. C'était la première fois qu'ils étaient tous aussi collés les uns aux autres. Cela en étouffait certains, notamment Jonas, qui n'appréciait pas du tout ce contact rapproché avec ses amis. Le garçon avait naturellement besoin d'être seul pour bien dormir.

De plus, il savait qui était encore à côté de lui. Il savait qu'il l'observait, mais ne voulait pas se retourner. Pas par peur, mais plutôt par agacement. Il ne voulait pas que Sam gagne à ce petit jeu avec lui. Cependant, au bout d'un certain temps, au cours duquel le garçon n'avait cessé de sentir ce dérangeant regard le fixer, il ne put finalement se retenir. Alors qu'il se préparait à déchaîner sa colère contre Sam une bonne fois pour toute, Jonas se bloqua net. Il s'était retourné, mais Sam dormait paisiblement.

Il se remit donc dans sa position initiale. Il entendit alors un mouvement derrière lui. Sam bougeait. Jonas tenta de se rapprocher du bout de la tente, pour éviter tout contact, mais son ami finit par poser sa tête contre son dos. Ne pouvant plus se décaler, Jonas resta ainsi, dans une position qui, à vrai dire, ne le dérangeait pas trop.

Il tourna un instant ses yeux en direction de la tête appuyée contre son dos, et ressentit même beaucoup de douceur. Il oublia tous ces regards que lui avait lancés Sam, et son agacement partit. La mine innocente et fragile de son ami attendrissait sa méfiance.

Retournant une ultime fois sa tête du bon côté, Jonas finit par s'endormir.

Au matin, il sortit le premier de la tente. Il observa calmement le soleil s'élever sur les cieux orangés, toujours à moitié endormi. La nuit qu'il avait passée avec Sam, blotti contre lui, l'avait laissé mitigé. Cela l'avait gêné, et en même temps, pas déplu. Sa circonspection ne l'avait pas quitté, mais avait un visage nouveau. Il avait maintenant l'impression que les motivations de Sam n'étaient pas mauvaises, sans pour autant être dénuées d'étrangeté…

Chapitre 15 :
12 Novembre

« Juste, un ami… »

— C'est une blague… murmura Antoine lorsqu'il se réveilla.

Un sac était resté dehors durant toute la nuit. Un gros paquet où se trouvaient les deux tiers des fruits ainsi que deux baguettes de pain. Il était mal fermé et avait dû prendre l'eau. La nourriture qu'il contenait devait être immangeable à présent ! Tout avait roulé dans la terre et l'eau de pluie.

Antoine se prit la tête à deux mains, suivi par plusieurs de ses compagnons qui l'imitèrent.

— Qu'est ce qu'on va faire maintenant ? demanda Noah.

— On va aller chercher d'autres provisions. On n'a pas le choix. On avait besoin de cette bouffe !

En affichant des mines dépitées, les garçons remballèrent leurs affaires ainsi que la tente qu'ils secouèrent. Ils n'avaient pas de temps à perdre. La seule chose que Jonas prit le temps de faire, fût de graver sa phrase de passage dans le coin de terre le plus sec.

En reprenant leur voyage, les garçons découvrirent ce qu'étaient vraiment les chemins humides et boueux. Ils engourdissaient leurs jambes, et les faisaient peiner. Ramant sans cesse dans la terre, ils finirent par se rabattre sur la route.

Elle était silencieuse. D'ici les garçons pouvaient apercevoir les premiers reliefs se dessiner au loin. Il y avait une vue assez dégagée.

Ils n'étaient peut-être qu'à l'entrée de l'Ain, mais les hautes Alpes leur paraissaient déjà là. Ils étaient impatients de découvrir ces paysages à pieds. Ces montagnes aux couleurs sauvages, composées de la plus belle des natures. Nées de la rencontre entre forêts et rivières ; neige et roche.

Lorsqu'ils virent justement un petit coin de forêt, où pourrait potentiellement se trouver des provisions, les garçons se dispersèrent :

— Noah et moi on va aller par là, indiqua Antoine en montrant la droite. Jo' tu vas avec Sam de l'autre côté, ça te va ?

N'osant pas dire non, Jonas accepta en hochant lourdement la tête.

— Ok, on se retrouve ici après. Récoltez tous les fruits, baies et autres trucs mangeables que vous trouverez. Ce sera toujours mieux que rien.

Sur ce, les quatre garçons se dispersèrent.

S'engageant dans la forêt, où des goûtes d'eau tombaient des sapins à chacun de leurs pas, Jonas et Sam avancèrent calmement, comme si rien ne les pressait. Jonas était devant, et ne voulait pas regarder en arrière. Il était sûr que Sam l'observait.

Son cœur battait de plus en plus vite en y pensant. Le

silence régnait entre eux deux, et cela ne faisait qu'accroître la tension. Jonas entendait les pas calmes de son ami derrière lui. Il avait l'impression que Sam était détendu. A l'extrême opposé de lui.

Durant un instant, le garçon n'entendit plus les pas. Il continua néanmoins d'avancer. Il ne voulait pas se retourner. Pas croiser une nouvelle fois ce regard. Mais il ne put totalement l'ignorer. Il était obligé de voir pourquoi son ami n'avançait plus.

Il se retourna. Sam était seulement en train de faire ses lacets à quelques mètres de lui, et ne le scrutait pas. Jonas attendit alors en plongeant son regard vers lui d'un air méfiant. Lorsque Sam releva son visage, il ne perdit pas la moindre seconde pour se retourner.

Ils continuèrent leur chemin dans cette forêt silencieuse. Jonas se mordait les lèvres, toujours aussi gêné d'être avec Sam.

— Jonas, entendit-il derrière lui à peine quelques minutes plus tard.

Non, il ne voulait pas se tourner vers lui !

— Oui… répondit-il en continuant d'avancer.

— Je crois qu'on a trouvé ce qu'on est venu chercher.

Il stoppa sa marche. Il pivota doucement en veillant bien à garder son regard rivé vers le sol. Il entraperçut à une dizaine de pas en contrebas, une rivière près de laquelle se trouvaient deux beaux noisetiers. Il était rare d'en trouver à cette période de l'année.

— J'arrive, dit-il.

Ils descendirent la pente côte à côte sans se regarder. S'asseyant près de la rivière, ils commencèrent à récupérer les noisettes sur un arbre chacun. Ils les cueillaient avec négligence pour aller plus vite, et les mettaient directement dans leur sac.

Lorsqu'ils eurent fini, les garçons se retrouvèrent une nouvelle fois côte à côte. Ils se firent face malencontreusement. Leurs yeux, respectivement des couleurs de la mer et de la forêt, se croisèrent. Ils se fixèrent. Chacun était assis à seulement un mètre l'un de l'autre.

Les prunelles de Sam observaient avec intérêt celles de Jonas. A présent, même ce dernier n'arrivait plus à détourner le regard. Il était comme obnubilé. Il ne pouvait plus se défaire de cet attrait visuel. La peur l'avait quitté. Sa méfiance envers Sam également. Ce moment lui rappela même ses fixations intenses avec Thomas. Ils étaient deux adolescents que quelque chose semblait lier, tel un courant électrique entre eux deux.

Il se passa alors quelque chose d'étrange. Sam eut un petit geste de sa main droite. Elle s'approcha doucement de celle de son ami. Puis, ensuite ce fut la main gauche. Il leva lentement ses genoux, et avança cette fois tout son corps. Ils n'étaient plus qu'à une trentaine de centimètres l'un de l'autre. Mais Jonas, lui, ne bougeait toujours pas. Il ne le voulait pas, et d'un autre côté, il était figé.

Il vit alors le visage de Sam s'approcher du sien. Très doucement, comme s'il lui laissait le temps d'appréhender la suite. Jonas observa les yeux bleus de Sam disparaître. Ses paupières se fermèrent.

Il ne restait plus qu'un infime espace entre leurs visages, et Jonas ne fermait toujours pas les yeux. Il appréhendait quelque chose, mais il n'en avait pas vraiment peur. Pourtant, lorsqu'il sentit les lèvres de Sam toucher les siennes, il eut un petit mouvement de recul. Le baiser dura une poignée de secondes. Il était beau au début, jusqu'à ce que Jonas ne se rende compte de son erreur.

Il recula alors brusquement. Sans doute effrayé lui aussi, Sam l'imita. Ils reprirent leur souffle, cette fois avec les quelques pas qui les séparaient.

— Je suis… je suis désolé, bégaya Sam.

Jonas ne répondit pas. Il était choqué. Choqué mais en même temps, soulagé. Soulagé en comprenant que tous ces regards, toutes ces fixations mystérieuses n'étaient que la source d'une attirance, et non autre chose.

Il se rassit convenablement au bord de la rivière, et ferma ses yeux le temps de reprendre ses esprits.

— Je ne savais pas que… Je pensais que ça ne te dérangerait pas, continua Sam.

Pas un seul trait du visage de Jonas ne bougea après cette seconde déclaration. Il observait le ciel, comme pour oublier cet instant. Comme pour réfléchir aussi.

En rabaissant sa tête, il dit :

— Je suis désolé Sam, mais je ne peux pas t'aimer.

— Oui, je comprends. Tu n'aimes pas les hommes, c'est ça ?

Il était terriblement gêné en disant cela. Il en pinçait l'herbe fraîche de toutes ses forces.

— Non c'est pas ça… répondit Jonas.

Sam sembla s'interroger.

— Qu'est ce que tu veux dire alors ? T'es quoi ?

Jonas hésita.

— Je n'en suis pas sûr mais… Je crois que j'aime quelqu'un d'autre. Et je sais que ça peut paraître bizarre, mais, même si je pense pouvoir aimer tout le monde, cette personne est différente. Elle me fait ressentir des choses que je ne ressens pas pour les autres. Des sentiments que je ne comprends pas...

Sam parut encore plus déstabilisé.

— Qui ? demanda t-il innocemment.

Il ne semblait pas être motivé par le fait de connaître qui était « meilleur » que lui. Il ne semblait même pas déçu. Il voulait juste savoir.

Jonas resta silencieux un moment. Sam le fixait d'un air impatient et en même temps anxieux à l'idée de connaître l'identité de la personne en question.

Quand soudain, ces deux syllabes tremblantes sortirent de la bouche de Jonas :

— Thomas.

Sam avala sa salive. Son visage se crispa et il détourna le regard. Jonas venait de révéler son plus grand secret. Celui que l'Ancien lui avait découvert. Celui qu'il s'était juré de garder.

Un silence pesant s'établit entre les deux garçons, qui à présent ne se regardaient plus. Maintenant Sam semblait un peu déçu. Maintenant, il paraissait presque jaloux. Même si dans les circonstances actuelles, il n'en avait pas vraiment le droit.

— Je crois que je le savais, dit-il après s'être calmé. Je crois que je l'ai toujours su.

Jonas était quelque peu étonné. Les sentiments qu'il pensait avoir développé pour Thomas n'étaient apparus qu'au moment de sa disparition. Comment son ami l'aurait-il alors deviné ? Y avait-il déjà une ambiguïté entre lui et Thomas auparavant ? Finalement, il ne demanda pas à son ami comment il s'en était douté. Après tout, maintenant il n'en avait plus rien à faire.

Les regards des deux garçons se croisèrent à nouveau, cette fois avec des sourires peinés. Sam semblait se remettre de ses émotions. C'était pour lui que ce moment était le plus difficile à vivre.

Jonas, lui, ne songeait plus à l'importance de ce qu'il venait d'avouer. Il s'inquiétait d'avantage du chagrin de son ami. Il savait que c'était un moment délicat. Peut-être que Sam n'était pas vraiment « amoureux » de lui, et que cela n'était qu'un moment d'égarement comme on voit souvent. Mais tout de même, il se devait de le rassurer.

— Ce n'est pas grave… lui dit-il gentiment. On restera quand même amis, pour la vie. Ok ?

Face à la tolérance de son ami, Sam acquiesça, les yeux humides.

— Est-ce qu'il le sait ? Est ce que tu lui as dit ce que tu pensais ressentir ? demanda t-il en le regardant.

Un vide profond apparut dans les yeux de Jonas.

— Non, répondit-il tristement. Non, il ne le sait pas…

Parfois, il peut arriver que certaines amitiés se transforment. Qu'elles aillent au-delà de ce qu'elles devraient être, en apparence. Mais après tout, c'était cela l'adolescence. L'incertitude, le changement… On ne choisit ni qui l'on aime, ni qui l'on désire. C'était bien l'une des choses que la vie décidait à notre place.

Jonas ne sut trop quoi faire après cela. Voyant que Sam semblait toujours embêté, il lui tendit les bras. Son ami l'observa. Un sourire doux et fragile se dessina alors sur son visage. Les deux garçons se rapprochèrent, en posant simplement leurs têtes sur l'épaule de l'autre.

— Ça ira, ça passera, chuchota Jonas dans l'oreille de son ami.

Sam frotta sa tête pour acquiescer.
— Et si ça peut te rassurer, ajouta t-il, tu embrasses très bien.

Malgré ces paroles gênantes, les deux garçons éclatèrent de rire. En fin de compte, Sam semblait se remettre assez rapidement de cet instant un peu brutal pour lui. A présent, l'ambiguïté de leur relation s'était évaporée. Et aucun n'en voulait vraiment à l'autre...

Quelques fois, lorsque les adultes ont du mal à comprendre les adolescents, il est bon que ce soit entre eux qu'ils se soutiennent. C'était le cas actuellement. Jamais, dans ces derniers mois, Jonas n'avait osé avouer ce qu'il pensait ressentir pour Thomas. Jamais, de toute sa vie, Sam n'avait osé avouer sa préférence pour les hommes (bon certes il l'avait fait d'une façon quelque peu osée). Mais à présent, grâce à la confiance qu'ils s'accordaient l'un à l'autre, tout allait déjà mieux.

Alors qu'ils partageaient toujours ce moment silencieux, les deux amis entendirent un son à leur droite. Un craquement régulier, comme des pas progressifs dans leur direction. Ils tournèrent lentement leurs têtes, et virent ce qui allait causer leur panique...

Chapitre 16 :
12 Novembre

« Nature, aussi belle qu'elle puisse paraître, n'est jamais sans danger. »

De l'autre côté de la rivière se tenait un animal qu'ils ne prirent même pas le temps d'identifier. Avec les seules images qu'ils avaient de lui, ils l'auraient décrit comme étant un sanglier. Mais il était si gros. Un sanglier ne pouvait être aussi trapu. Si ?

De toutes manières, ils avaient couru le plus vite possible. Ils avaient bondi tels des chats et s'étaient enfuis. Ils avaient alors commencé à entendre le son des sabots derrière eux. L'animal avait franchi la rivière, et semblait les avoir pris en chasse.

Les chaussures des garçons claquaient dans la boue tels des marteaux dans le fer, suivis par les enjambées bruyantes de l'animal. Tout cela faisait un horrible vacarme, pour le moins inhabituel dans une forêt. De là à ce que même les garçons de l'autre côté semblent avoir été alertés.

Jonas avait également perçu le son d'autres bêtes dans la forêt. Elles aussi semblaient avoir eu vent de leur « course-poursuite ».

La course s'accélérait. Par moment, Jonas regardait derrière lui et voyait toujours la bête au loin qui les poursuivait. *Quand est-ce qu'il va nous lâcher !* se disait-il, désespéré, condamné à courir. Alors, il tentait d'accélérer encore et encore. Mais à la cadence où il courait, il ne pourrait tenir bien longtemps. Cette alliance du stress et de la fatigue physique le faisait peiner.

Courant toujours au milieu des sapins, il s'efforça de continuer. Il avait l'impression de tourner en rond. Les bruits derrière lui l'étourdissaient. Il perdit bientôt Sam de vue. Celui-ci était parti d'un autre côté, sans que lui ne puisse le rejoindre. Soudain, alors qu'il tournait sa tête de tous les côtés, perdu, il trébucha violemment contre une racine, et tomba à terre.

Sa tête tapa contre un tronc, et il se retint de crier. Cela lui fit un mal de chien. Ses sens troublés l'emmenèrent alors loin de la réalité. Il vit flou et n'entendit pratiquement plus rien… Seul resta net, le bruit tonitruant des sabots. Remuant péniblement la tête, le garçon observa tout autour de lui. Il s'aperçut qu'il se trouvait au milieu de nulle part. Sauf un pauvre buisson, il n'y avait rien à proximité. Plus que des arbres à perte de vue.

Immobile, allongé dans un mélange de boue et de feuilles, il crut alors sa dernière heure venue. Toute cette quête n'aurait rien donné. Tous ses efforts, tout ce qu'il avait appris… Rien. La mort l'aurait emporté. Et ces sabots violents, c'était eux qui le piétineraient. C'était eux qui lui causeraient la perte de son corps. C'était eux qui l'emmèneraient jusqu'au cosmos des défunts. Jonas entendait leur son comme un appel. Un appel, un appel, un appel…

« Jonas… » entendit-il subitement. Quelle était cette

voix ? « Jonas. » entendit-il une nouvelle fois. Il avait du mal à l'identifier. « Jonas ! » s'écria vivement Antoine auprès de lui.

Se réveillant brusquement, Jonas s'aperçut qu'il avait finalement perdu connaissance. Il se trouvait toujours au même endroit, et les bêtes étaient toujours là. Elles semblaient roder tout autour d'eux, avec leurs sabots claquants à chacun de leur pas.

— Je... Je, bégaya t-il lentement.

— Chut ! Tais-toi et suis-moi ! lui dit Antoine.

Il le leva vite et lui ordonna de courir. Jonas ne perdit pas le moindre temps, et le suivit à grande vitesse dans la forêt. Remuant sa tête, le garçon reprit peu à peu le contrôle de ses sens, jusqu'à ce que ceux-ci se fassent nets.

Il réentendit alors le bruit des sabots claquer vivement par terre. La course-poursuite avait repris.

« Suis-moi ! » lui dit une nouvelle fois Antoine près de lui. Il se dirigea vers une pente de terre et glissa le long d'elle. Jonas le suivit, la dévala à son tour, et atterrit brutalement à terre. Se remettant rapidement à courir, il sentit le bruit des sabots s'éloigner d'eux.

Les deux garçons arrivèrent bientôt au milieu d'un coin entouré de buissons. Là, ils s'arrêtèrent.

— Surtout ne fais aucun bruit... lui ordonna Antoine en montrant le chemin à prendre.

Jonas acquiesça.

Le lieu dans lequel il l'emmena lui parut sûr. Caché de la vue des animaux, et proche de la route.

Les deux autres adolescents les y attendaient. A vrai dire, ils semblaient patienter depuis pas mal de temps. Voulant prendre la montre dans son sac pour voir combien de temps il était resté inconscient, Jonas passa sa main dans son dos. Son sac n'y était plus. *Le sac ? Où est mon sac ?* réfléchit-il avec angoisse.

— Mon sac ! s'exclama t-il. Je crois que, ...

— Non c'est bon, il est là, lui montra Sam autour de son bras.

Toujours essoufflé, Jonas lui adressa un bref sourire de remerciement.

Leur moment d'intimité avait été brusquement interrompu par les bêtes, et ils n'avaient pas vraiment eu le temps de terminer sur une note positive. Sam semblait pourtant remis. Peut-être pas totalement, car c'était le genre de chose dont on mettait souvent un peu de temps à se remettre. Mais grâce au visage doux qu'il lui montrait, Jonas savait que tout allait déjà mieux.

— Ça va ? Rien de cassé ? demanda t-il ensuite à l'ensemble de ses amis.

Antoine lui indiqua Noah du doigt avec un air peiné. Le garçon avait un bandage autour de la jambe.

— Noah, qu'est ce qui t'est arrivé ?

— Je suis tombé dans un trou en courant, et j'crois que je me suis un peu défoncé, répondit-il avec un petit rire gêné. Je sais, c'est débile…

— Mais est-ce que tu peux marcher ? Lui demanda Jonas très anxieux.

Noah se leva et fit quelques pas, tout en remuant sa jambe. Dans l'ensemble, ça semblait aller.

— C'est un mauvais coup, ça passera… expliqua Antoine. Il faut juste que sa jambe se repose un peu.

Noah observa ses amis d'un air innocent, comme pour dire pardon de s'être blessé maladroitement.

A vrai dire, ce qui avait plutôt pris un coup était le

mental des garçons. Ils avaient été si surpris de devoir courir pour échapper à des bêtes comme celles-ci. Jusqu'à présent, mise à part avec la route, ils n'avaient pas pris conscience du danger. C'était seulement maintenant qu'ils s'en rendaient compte. Désormais, ils savaient que de vivre dans la nature, ce n'était pas que d'être entouré d'arbres et d'écureuils. Ils pouvaient aussi y croiser des animaux bien plus sauvages.

Restants immobiles pendant un moment, ils patientèrent le temps de reprendre leur souffle correctement. Les yeux fermés pour certains, ils attendaient également que leurs battements de cœur se calment pour reprendre la route.

Ils décidèrent de repartir lorsque tout le monde fut prêt. Rejoignant très discrètement la chaussée à travers les arbres, ils se dépêchèrent de s'éloigner le plus possible de ce territoire hostile. A présent, le voyage pouvait continuer. Ils avaient réussi à ramener quelques petites choses utiles comme des noisettes et des fruits… Mais à quel prix ? Il était certain que cet évènement allait avoir un impact sur la suite de l'aventure.

Chapitre 17 :
13 Novembre

« *Ce sont parfois les histoires les plus anciennes qui nous rappellent ce à quoi nous prépare l'avenir...* »

Il n'est jamais facile de faire ses excuses à quelqu'un. Surtout lorsqu'on se rend compte que l'on avait doublement tort. Pourtant, c'est ce que fit Jonas.

Au matin de ce treize novembre, les garçons se réveillèrent calmement. Ils avaient une nouvelle fois dormi dans la tente, et il en serait de même pour les prochains jours. C'était une décision qui avait été prise à l'unanimité.

Durant la marche, Noah peinait un peu moins qu'hier, mais avait toujours mal. Il boitait et Sam restait à ses côtés pour l'aider. Ce n'était pas facile de voyager ainsi pour lui.

Au moment où Jonas s'apprêtait à appeler l'Ancien afin de lui présenter ses excuses, il se produisit quelque chose d'étonnant. Ce fut ce dernier qui le fit en premier.

— *Mon garçon*, lui dit-il alors qu'il marchait le long d'un cours d'eau, *je voulais te présenter mes plus sincères excuses pour l'autre jour. En aucun cas je n'aurais dû faire cela.*

— *Ne vous inquiétez pas l'Ancien,* répondit Jonas

d'une voix rassurante, *c'est moi qui devrais plutôt vous faire mes excuses. Et vous remercier aussi, parce que vous aviez raison. Maintenant j'ai dit ce que je pensais, et je me sens mieux. Je me sens plus vivant.*

L'Ancien resta silencieux. Pour Jonas, il semblait ravi.

— *Mon garçon,* ajouta t-il d'une voix sensible, *si tu savais… Si tu savais à quel point je suis fier de toi.*

Il paraissait vraiment ému. C'était la première fois que Jonas le sentait dans ses mots.

A l'extérieur de ses pensées, le garçon souriait. Il était fier que l'Ancien lui dise de telles choses. Lui qui paraissait si sage au fond.

Les deux compagnons restèrent un moment muets. Puis, l'Ancien ajouta :

— *Tu sais mon garçon, avant notre petite dispute de l'autre jour, j'avais moi aussi beaucoup réfléchi à nos discussions sur la confiance etc. Et à vrai dire, j'aurais bien aimé te confier ce que j'avais moi-même compris : « C'est avec le courage que vient la confiance, et c'est avec la confiance, que vient la liberté. » Oui, en effet je crois que l'exemple est bien trouvé ! A présent mon garçon, tu es plus « libre ».*

Le fait de l'entendre dire, lui faisait d'autant plus de bien ! Il avait avoué ses secrets, et n'avait plus rien à cacher. Peut-être qu'il n'était pas sûr de ce qu'il ressentait, mais peu importe, il avait dit ce qu'il pensait. Son esprit se trouvait donc dans la paix la plus totale.

— *C'est…* hésita t-il, *Enfin c'est très bizarre de dire ça, pardonnez moi… C'est vraiment beau ce que vous dites.*

— *C'est fait pour l'être* ! s'esclaffa l'Ancien. *Mais il*

faut avant tout en tirer le sens, et non la beauté...

Les excuses communes s'étaient bien passées. C'était le principal pour Jonas, qui pouvait ainsi continuer son voyage sans aucun remord.

La journée, elle, ne fut pas vraiment facile. Tous les adolescents fatiguaient progressivement. La sieste de l'après-midi leur faisait du bien, mais ce n'était plus suffisant. Leurs jambes commençaient à se faire lourdes, alors chaque pause était attendue avec impatience.

Au repas du midi, Antoine avait décrit à Jonas la suite de leur traversée jusqu'à l'Echangeur avec l'aide de la carte :

— Tu vois, nous, on est là, avait-il dit en désignant le nord de l'Ain, et étant donné le rythme de marche, on devrait arriver en Haute-Savoie dans deux bonnes journées. Les montées vont se faire de plus en plus longues, et de plus en plus nombreuses. Il ne nous restera plus que trois jours pour arriver au village de l'étang.

— Et tu as trouvé la position précise ?

— Oui. Le village où il se trouve s'appelle Saint-Daniel. Il se situe à environ une vingtaine de kilomètres de la Suisse ; soit au milieu est du département. L'étang en lui-même apparaît sur un des points culminants du cirque. Le mieux serait donc d'arriver pas trop loin de la ville un jour avant, pour avoir le temps de grimper pendant la dernière journée.

— Mais c'est...

— Quasi-impossible ? Oui je le sais.

Jonas avait fixé son ami d'un air troublé, avant de se ressaisir :

— On y arrivera quand même. Peu importe la fatigue

que ça nous coûtera, le plus important est de sauver Thomas.

— Va le voir de plus près dans ce cas, avait dit Antoine en montrant Noah du doigt.

Jonas l'avait regardé. Il était assis avec Sam sur un rocher et mangeait un sandwich. A cet instant, on aurait dit que tout allait bien pour lui. Mais pour ce qui l'en était de la marche, ce n'était pas vraiment le cas.

— Mais tu m'avais dis…

— Je me suis trompé. Je crois que sa cheville a subi une légère foulure. Il ne faudrait surtout pas qu'il force dessus, sinon, ça nous bloquerait tous.

Une mine inquiète était apparue sur le visage de Jonas. Qu'allaient-ils faire ? Si Noah ne pouvait plus marcher correctement, ils seraient tous pénalisés.

— Comment on va faire alors ? Il doit bien y avoir une solution…

— J'en ai peut-être une qui pourrait aider, déclara Antoine. Mais elle est risquée. Très risquée.

Jonas attendait la suite. Mais compte tenu qu'il n'en était pas sûr, Antoine avait préféré ne rien lui dire. Il s'était levé, et était allé ranger la carte dans le sac.

Pendant la sieste qui se fit dans la tente, Jonas eut un peu de mal à dormir. Il s'inquiétait à présent de l'état de Noah. Il ne fallait absolument pas qu'il les freine. C'était, pour le coup, une question de vie ou de mort.

Pour la première fois depuis une semaine, le jeune homme pensa aussi à sa famille. C'était durant ses rêves. Il les voyait tous souriants, à table au petit déjeuner, ou l'après-midi dans le jardin. Il aurait aimé les voir. Passer des journées joyeuses à leurs côtés. A jouer au basket avec son père, se chamailler avec sa petite sœur, et plaisanter avec sa mère.

Eux devaient beaucoup s'inquiéter à cette heure-ci. Tous les parents devaient être terriblement angoissés sur le sort inconnu de leurs enfants. Mais les garçons n'avaient pas de nouvelle. Ils ne savaient pas quelle ampleur avait pris leur disparition... Et en même temps, il s'était passé tellement de choses ces derniers jours qu'aujourd'hui leurs principales préoccupations étaient devenues toutes autres.

Jonas avait dû quitter du jour au lendemain le berceau dans lequel il avait toujours grandi, pour se jeter dans un nouveau monde. Un dangereux océan où l'on plonge à un moment inattendu de sa vie, sans se rendre compte que l'on dit adieu à notre enfance en pénétrant dans l'importante vie adulte. Cette aventure était comme une porte d'entrée dans ce nouvel âge. Avec elle, l'adolescent ne se souciait plus du passé. Aujourd'hui, ce qu'il s'apprêtait à accomplir avait pris le dessus sur tout. Il ne voyait plus que cette mission. C'était son unique but. Celui qui forgerait son futur. Celui qu'il devait accepter. Celui qu'il devait affronter, sans l'aide de quiconque. Car c'était son voyage : son plongeon.

Après quinze heures, ils remballèrent leurs affaires et repartirent. Sam restait en arrière avec Noah pour le soutenir, tandis qu'Antoine et Jonas étaient devant pour discuter de « choses sérieuses ». Parfois, quand la discussion dérivait trop du sujet initial, Jonas se détournait et observait le paysage. Il ne connaissait pas les Alpes. Il avait déjà pu voir les montagnes du Massif Centrale lors d'une sortie scolaire, mais celles-là, il ne les avait jamais vues. Elles étaient très différentes. Ici on voyait d'autant plus la roche, creusée à travers la végétation. Elle qui était d'un vert beaucoup plus froid que celui des champs de Bourgogne. Elle qui s'accordait plus à ce milieu indompté ; dont on tirerait plus d'aventures !

Durant la nuit, Jonas fut pris d'insomnie. Elle dura longtemps et il ne savait pas pourquoi. Mise à part quelques imprévus de voyage, il n'avait pas de souci à se faire ! Ça allait s'arranger ! Mais peut-être était-ce simplement l'excitation de l'arrivée prochaine qui l'empêchait de dormir.
Il regarda sa montre. Il était une heure du matin. En pleine nuit, et toujours pas endormi. Il se demanda comment il pourrait s'occuper.

— *Je vois que tu ne rêves pas mon garçon*, le surpris l'Ancien. *La mélodie ne t'a pas bien endormi ce soir ?*

— *J'en ai bien l'impression*, répondit Jonas après un petit sursaut.

Il se releva, observa ses amis endormis auprès de lui, et se rallongea.

— *Et vous, vous ne dormez pas ?* ajouta t-il.

— *Il n'y a pas de nuit là où je suis mon garçon. Je ne tire aucun effort de ma personne, alors le sommeil ne me vient jamais.*

— *Euh, très bien, je vois…*

— *Cependant, toi tu vis de dures journées. Pourquoi ne dors tu pas ?*

— *Je n'en sais rien.*

— *Tu es sûr que tu n'en sais rien mon garçon ?* insista l'Ancien.

— *Je vous l'assure*, promit Jonas.

— *Eh bien, si tu le dis mon garçon. Nous pouvons*

discuter si tu le souhaites. Cela t'aidera peut-être à te rendormir ?

— *Oui c'est une très bonne idée ! Commençons par vous !*

— *Par moi ? Mais voyons mon garçon, je n'ai rien à te raconter ! Non toi, vas-y plutôt, je t'écoute !*

— *J'insiste monsieur ! Il y a bien une petite histoire que vous pouvez me raconter?*

L'Ancien réfléchit.

— *Quel genre d'histoire voudrais-tu entendre ?*

— *Je ne sais pas vraiment... Quelque chose que vous avez vécu ?*

— *Je n'ai rien vécu d'important dans ma vie. L'histoire serait peu passionnante...*

Jonas réfléchit à son tour. Après un moment, il dit :
— *Monsieur ?*
— *Oui ?*
— *Vous ne m'avez jamais, jamais raconté... Ce qui s'est passé, pour que vous vous retrouviez dans le cosmos des défunts.*

L'Ancien se tut un instant. Puis ajouta :

— *C'est une bien funeste histoire que tu me demandes de raconter mon garçon. Mais après tout, je ne l'ai jamais fait avec personne alors...*

— *Dans ce cas, cela vous fera peut-être du bien de me la raconter. Expliquez moi,* dit-il d'une voix douce, *que s'est il passé ?*

L'Ancien sembla se préparer avant de se lancer dans son récit.

— *J'ai été manipulé,* commença t-il. *Quelqu'un de fourbe m'a eu à mon détriment. C'était un homme. Il est d'abord venu discuter avec moi, un soir de pleine lune.*

Il m'a murmuré qu'il connaissait la mort. Qu'il y avait vécu durant de nombreuses années.

— Est-ce qu'il mentait ?

— *Non, il ne mentait pas. Il avait trouvé la solution pour en revenir.*

— L'Echangeur ? s'exclama Jonas.

— *Oui. Mais il aurait mieux fallu qu'il ne le découvre pas...*

Jonas attendait la suite avec impatience. A la fois triste pour l'Ancien, et curieux.

— *Après cela*, reprit la voix, *il est intervenu régulièrement dans ma vie. De plus en plus souvent, il m'apprenait ce qu'il avait vu. Il me disait que moi, en tant que pauvre prêtre sans espoir, je n'aurais meilleur choix que de venir directement au « paradis ». Que je me sentirais plus vivant dans la mort que dans la vie. Mais évidemment, c'était faux.*

— *Quel âge aviez-vous à cette époque là* ? demanda Jonas.

— *Je ne sais plus exactement. Cela fait si longtemps...*

— *Je comprends. Que s'est il passé ensuite ?*

— *Un jour venteux, il m'a alerté. Il m'a dit que le temps était venu. Il m'a alors conduit jusque dans une forêt sombre, qui elle-même donnait sur une falaise. J'habitais en Normandie à cette époque. D'ailleurs, j'y ai toujours vécu, jusqu'à ce jour...*

Jonas frissonna.

— *L'homme m'a alors murmuré ces paroles : « Ne te détourne pas, il est temps pour toi de partir »...*

Il sentit jusqu'à ses lèvres trembler.

— *A cet instant, je ne savais plus ce que je devais*

faire. Je ne savais plus pourquoi j'avais fait ça. Pourquoi j'avais accepté de l'écouter. C'est durant cette poignée de secondes qui précéda l'acte, que je me suis rendu compte de mon erreur. Il m'a alors poussé doucement de la falaise. Cela a suffit, une légère pichenette, et je me suis laissé tomber. Il était trop tard, je ne pouvais plus rien faire...

Dans sa couette, Jonas était pétrifié. Il n'avait jamais entendu, même dans un film, de mort plus terrifiante.

— Que... Qu'... bégaya t-il. *Qu'est ce que ça... Qu'est ce que ça vous a fait de...*

— De mourir ? compléta l'Ancien. *C'était étrange. Pour ma part, c'était plusieurs choses à la fois : un goût amer, une odeur âcre, la vision de la vie qui vous abandonne avec mépris. Et la sensation d'avoir oublié le principal avant de partir.*

Jonas n'aurait pas dû poser cette question. A présent, il avait presque peur. Peur de la mort.

— *Oh, pardonne-moi mon garçon !* lui dit cette fois l'Ancien avec une voix désolée, *Je n'aurais jamais dû te raconter cela ! Oublies le je t'en prie !*

— *Ce n'est pas grave monsieur*, répondit Jonas en se ressaisissant brusquement. *Après tout, c'est moi qui ai demandé. Et ça vous a fait du bien de me le raconter, c'est le principal.*

La voix resta pourtant muette. Comme pour exprimer son pardon.

— *Puis-je quand même vous poser une dernière question à propos de ça ?* Ajouta Jonas.

— *Si tu en as envie...*

— *Qu'est devenu l'homme qui vous a fait cela ?*

L'Ancien parut troublé.

— *Et bien, je ne sais pas. Je suppose qu'il a dû finir sa vie dans le Monde...*

— *A quoi ressemblait-il ?*

La voix s'étonna du ton pressé que Jonas employait.

— *Mais enfin mon garçon, pourquoi me poses tu toutes ces questions ? C'est du passé maintenant !*

— *S'il vous plaît monsieur, répondez-moi.*

— *Bon, et bien si tu insistes... Dans mes plus vagues souvenirs, il était pâle, moustachu et...*

— *Et ?* s'impatienta Jonas. *Ses yeux, de quelle couleur étaient-ils ?*

— *Je ne m'en rappelle plus vraiment... Marron, noir peut être.*

Jonas resta silencieux durant plusieurs secondes. Une nervosité nouvelle l'atteignait subitement.

— *Mon garçon, tu es sûr que tout va bien ?*

— *Oui, oui, tout va bien...* répondit-il en reprenant ses esprits.

— *Parfait ! Maintenant, je pense que tu es assez fatigué pour pouvoir dormir correctement !*

— *Oui, je pense aussi...*

— *Très bien, alors prépare toi.*

La berceuse magique débuta. Mais, sentant que quelque chose n'allait pas, l'Ancien rappela Jonas au bout de deux minutes seulement.

Il stoppa sa mélodie et lui fit rouvrir les yeux :

— *Mon garçon*, dit-il d'une voix grave.

— *Oui ?* répondit Jonas.

— *Promets-moi de ne pas y penser.*

Il y pensait déjà.

— *D'accord*, acheva t-il d'une voix tremblante.

Il ignorait si l'Ancien avait lu ses pensées et

découvert son mensonge, mais il y songea encore longtemps avant de dormir.

Cet homme qui avait manipulé son conseiller lui rappelait quelqu'un. Il ne savait plus qui exactement, mais c'était une personne dont il avait autrefois entendu parler. Une personne qu'il avait oubliée.

Il se mit alors soudainement à calculer, repenser, réfléchir. Il espérait trouver ce qu'il cherchait : un souvenir. Le souvenir d'un homme aux yeux noirs, pâle et moustachu. Il était persuadé d'avoir déjà entendu cette description quelque part…

Finalement, au bout de quelques temps, il fit ce que l'Ancien lui avait conseillé. Il n'y pensa plus. Il s'intéressa alors à d'autres soucis, bien plus réels.

Chapitre 18 :
14 Novembre

« Les péripéties sortent souvent de nulle part. Celle-ci ne fait pas exception à la règle. »

Au matin, il était encore le premier levé. Il avait finalement fini par dormir. Mais ce fut pourtant la première journée où déjà, dès le réveil, il sentit ses jambes lourdes. Désormais, même la nuit ne suffisait plus.

Les garçons voyaient les montagnes enneigées de plus en plus proches. Chaque pas, lourd ou non, les rapprochait de leur destination. C'était ce qui leur faisait garder le moral. Ou du moins, ce qu'il leur fallait pour continuer.

Ils avaient également mis leurs manteaux aujourd'hui. A présent, ils se trouvaient dans les Alpes, les vraies. La température diminuait de jour en jour, et une épaisseur supplémentaire était nécessaire.

Marchant paisiblement au milieu de la route, isolée et entourée de sapins, ils aperçurent bientôt un carrefour en son bout. Il semblait donner sur une petite ville. Antoine demanda alors à ses amis de se rabattre dans la forêt derrière la lisière.

Il attendit que tous soient cachés au milieu des arbres, puis débuta ses explications.

— Bon, alors voilà, dit-il. Cette ville qui se trouve au fond s'appelle Montauk. On va y faire un détour.
— Quoi ? s'étonna Jonas.
C'était donc cela sa solution ?
— Pour plusieurs raisons, expliqua Antoine. La pre-première est que ce passage nous évitera de contourner la ville par la forêt, ce qui nous offrira un raccourci d'environ deux heures. Ensuite, la deuxième est que l'on y trouve des commerces. Et vu que les fruits qu'on a trouvé ne suffisent pas, il est obligatoire pour notre survie d'aller acheter quelques trucs.
Les autres prirent tous un air pensif.
— Perso, je trouve que c'est une bonne idée ! déclara Sam.
— Si ça peut aider... ajouta Noah avec un sourire gêné.
Ils attendirent la réponse de Jonas. Après un haussement d'épaule, celui-ci dit :
— Ok, après tout, pourquoi pas...
— Cool ! s'exclama Antoine. Bon alors, si tu n'y vois aucun inconvénient, c'est toi qui iras à la superette.
Jonas fixa Antoine d'un air surpris. En retour, celui-ci le regarda avec une mine étonnamment sarcastique, dotée d'un gentil sourire narquois. L'autre roula les yeux, mitigé.
— Il y aura aussi quelques consignes à respecter, poursuivit Antoine en s'adressant uniquement à Noah et Sam cette fois-ci. Nous traverserons la ville par le côté ouest, et nous resterons cachés dans un coin de rue en attendant que Jonas revienne. Toi, dit-il en le désignant, tu passeras par le Centre et tu ne regarderas personne. Tu iras seulement dans la première épicerie que tu

trouveras. Ensuite, nous te rejoindrons et passerons à l'est pour aller du côté des montagnes, il montra du doigt les montagnes enneigées derrière eux. Ok tout le monde ?

Chacun acquiesça.

Ils se préparèrent ensuite à leur délicate mission. *Ah, quelle fameuse idée il a encore eu !* se dit Jonas vis-à-vis d'Antoine. Ce dernier lui tendit d'abord un sac de course, suivi d'un petit porte-monnaie.

— Tiens, il y a le nécessaire là dedans.
— Merci, répondit Jonas.

Il l'attrapa et le mit rapidement dans sa poche. Antoine alla se mettre derrière lui.

— Donne-moi ça, lui dit-il en prenant son sac, je le garderai pour toi.

Jonas sourit et le lui donna volontiers. Antoine s'approcha ensuite de lui, posa sa main sur son épaule, et lui murmura :

— Bonne chance.

Jonas lui donna une tape amicale pour le remercier. Il était ravi de recevoir des encouragements de sa part. C'était encore une belle preuve de son évolution.

Après un rapide serrage de mains, ils se séparèrent.

Jonas fut le seul à repartir le long de la route. Les autres continuèrent leur chemin dans la forêt, pour rejoindre la ville en toute discrétion.

En avançant calmement sur l'étroite chaussée, le jeune homme sentit ses doigts trembler le long du sac en tissu. Et plus il approchait du carrefour, plus il ressentait le frisson parcourir son bras. Sa respiration aussi s'accélérait. Tandis que ses pupilles commençaient petit à petit à s'agiter dans tous les sens pour détecter le moindre mouvement.

Lorsqu'enfin il arriva à l'entrée de la ville, il vit directement du monde qui le dévisageait. Certes, ce n'était que des retraités qui buvaient leur vin chaud sur des terrasses, mais ils arrivaient tout de même à le déstabiliser. Une vieille dame le regarda même d'un air ahuri, comme s'il elle le connaissait et semblait surprise de le voir.

Ce petit patelin montagnard était pourtant une nouveauté pour lui. Ces grandes maisons qu'il voyait pour la première fois lui paraissaient magnifiques ! Celles que l'on appelait : des « chalets ». A l'essence même de la nature qui les entourait : uniquement faits de bois. Ils étaient hauts, larges et rectilignes dans leur forme. Cela plaisait à Jonas. Contrairement aux habitants, ils avaient un côté accueillant. C'était mignon.

Marchant toujours à travers les rues pavées, il se retint d'observer ce qu'il y avait autour de lui. La seule chose qu'il fixait à présent, était l'épicerie en face. Il l'avait repérée dès son entrée dans la ville. Elle se situait au bout de la place, au fond de la grande rue qu'il traversait.

En arrivant, il ouvrit doucement la porte de la boutique, et la referma tout aussi calmement. Il reçut un bref « bonjour » de la part du caissier, à qui il adressa un semblant de sourire en guise de réponse. Jonas se mordait les lèvres.

Il n'y avait personne dans le petit magasin. Un silence de mort y régnait. Il n'y avait que les caméras perchées en hauteur pour observer le garçon. Cela le mit d'autant plus mal à l'aise.

Il alla directement au rayon des fruits, dans lequel il

prit le nécessaire, tout en respectant la somme donnée par Antoine. Ainsi, à la fin, il compta : six pommes, quatre poires, huit kiwis, une dizaine de fraises et quelques grappes de raisins.

Se pressant en allant au comptoir, il vit cette fois que le caissier le dévisageait lui aussi. Il tenta de lui sourire, de paraître aimable, ou encore de lui annoncer un « tenez » en lui donnant les fruits. Mais rien n'y fit. L'homme demeurait froid.

Pendant qu'il scannait les articles, Jonas observait le décor de l'épicerie d'un air nerveux. Tournant son regard côté presse, il s'arrêta un instant sur le journal. Les battements de son cœur s'accélérèrent alors d'un seul coup.

Il devint rouge. Sa photo, ainsi que celles de ses amis, étaient affichées dans la rubrique nationale. « AUCUNE NOUVELLE DES QUATRE NOUVEAUX DISPARUS DU CENTRE », y avait t-il marqué. Jonas trembla en retournant ses yeux vers le caissier. Celui-ci l'observait d'un air grave. Affolé, Jonas se dépêcha de prendre ses articles et s'enfuit de la boutique après avoir payé.

Il n'avait même pas pris la peine de dire au revoir. Le fait de voir que leur disparition était maintenant devenue un sujet national l'alarmait plus que tout. Il se dépêcha de marcher en direction du lieu où ses amis se trouvaient. Il les voyait de loin, cachés depuis un bâtiment opposé. Il leur fit signe de ne pas avancer vers lui. Eux ne semblèrent pas comprendre pourquoi, mais ne bougèrent pas.

Lorsqu'il arriva enfin près d'eux, en sueur tellement il stressait, Antoine lui prit le sac des mains et désira de suite une explication à cela.

— Qu'est-ce que tu fiches ? lui lança t-il.

— On est... On est connu ! On est connu ici ! répondit Jonas en bégayant.

Les garçons échangèrent des regards inquiets. Très inquiets.

— Mais d'où tu le s... commença Sam.

— Chut ! le coupa Antoine. Regardez.

Il montra du doigt l'épicerie d'où venait Jonas. Devant se tenait l'épicier ainsi que... Deux agents de police.

Il a fait vite le salop ! pensa l'essoufflé.

— Et merde... murmura Noah près de Sam.

— Tu peux courir ? lui demanda Antoine d'un ton pressé.

— Je peux essayer, répondit Noah très loin d'être sûr de lui.

— Ok. Quand je vous le dirai, on partira tous en courant. Surtout, ne vous dispersez pas.

A présent, tous suaient de peur. Leurs cœurs battaient la chamade comme s'ils allaient exploser.

— Oh non ! s'écria Jonas, en désignant l'épicier qui montrait aux agents la direction qu'il avait prise.

Voyant que les policiers commençaient à se rapprocher dangereusement d'eux, Antoine n'hésita pas une seule seconde à crier :

— Courez !

Ils partirent en trombe dans la rue pavée. Les policiers les repérèrent et s'empressèrent de les poursuivre. Un des deux resta finalement en retrait et agrippa son talkie-walkie pour appeler du renfort.

Telles des flèches, Antoine et Jonas menaient la

troupe avec rapidité, pendant que Noah et Sam eux les suivaient péniblement par l'arrière. Le policier quant à lui, semblait gras et lent. Non apte à les rattraper dans ces conditions.

« Arrêtez-vous ! » criait-il sans cesse de sa voix raboteuse. Evidemment, aucun ne renonçait. Par honneur, aucun ne souhaitait s'arrêter.

Tentant sans cesse d'accélérer leur course, les garçons perdirent beaucoup en force mais ne se découragèrent pas. Ils franchirent bientôt les limites du bourg, et fusèrent ensuite à travers les allées qui longeaient les chalets. Le policier les poursuivait toujours, mais ne les atteignait pas.

Quand soudain, l'autre surgit d'une rue voisine. Il paraissait plus musclé et plus endurant que son partenaire. Il se mit alors à prendre en chasse seulement deux des garçons : Sam et Noah. Ce dernier se retenait de crier. Sa jambe blessée était mise à rude épreuve et il ne pourrait bientôt plus supporter de courir.

En dépit des consignes d'Antoine, les garçons furent bientôt obligés de se disperser. Le génie continua sa course avec Jonas le long du même chemin, tandis que Sam et Noah eux dérivèrent d'un autre côté. L'un des deux policiers les suivit. L'autre continua de courir derrière les deux autres.

En filant à toute allure, les deux adolescents longeaient une rivière. Celle-ci se trouvait à peine quelques mètres en dessous d'eux. Il aurait sans doute été suicidaire de se jeter dedans. Mais en arrivant au bout du chemin, ils n'eurent pas vraiment le choix…

Un cul de sac se présenta à eux. L'allée pavée était traversée par la rivière. Elle les séparait de la suite du chemin.

Stoppant leur course, les deux garçons se retournèrent, et reculèrent un maximum pour faire pression sur le policier.

— Faites attention ! leur cria-t-il. Je vous en prie les garçons, arrêtez vous et venez vers moi.

Les adolescents gardèrent un regard impassible ; dur comme de la pierre.

L'agent fut bientôt rejoint par son coéquipier, qui lui annonça, haletant : « Je les ai perdus ! Les deux autres m'ont filé entre les doigts ! ». Après un échange de regards désespérés, les deux retournèrent leur regard sur Jonas et Antoine. Celui qui venait d'arriver sortit un taser de sa poche, et le pointa dans leur direction.

— Les garçons, si vous n'avancez pas, je serai obligé de tirer. Alors soyez raisonnables !

Ils prirent peur.

— Eh, oh ! Calme-toi, ce ne sont que des gosses ! rétorqua l'autre.

— Ouais, bah ils…

Il stoppa sa phrase.

Les garçons avaient disparu.

Chapitre 19 :
14 Novembre

*« C'est toujours par le désespoir,
que l'on fait naître l'espoir ! »*

Ils étaient trempés des pieds à la tête. Mais heureusement, ils n'étaient que très peu blessés.

Les deux garçons s'étaient jetés dans la rivière par obligation. Ils avaient sauté droitement jusqu'à atterrir dans le cours d'eau qui, par chance, était plutôt profond. Ils ne s'étaient donc fait que peu mal. Leurs genoux et leurs bras étaient seulement parsemés de quelques bleus et égratignures.

Ils avaient glissé pendant quelques minutes jusqu'à échapper à la vue des policiers. L'eau avait gelé leurs membres. Ils s'étaient accrochés tous les deux à la terre sur le côté, et étaient parvenus à sortir du courant. Collés ensemble pour se réchauffer, ils avaient ainsi marché péniblement jusqu'à un endroit discret dans la forêt. Il y faisait si froid…

Antoine se dépêcha de sortir des couvertures de son sac, pour qu'ils puissent se sécher. Celui de Jonas avait pris l'eau, mais ne contenait pas de nourriture. Pour sa part, le génie avait été malin et avait mis les quelques aliments dans une poche étanche.

A présent, seuls au milieu des sapins, les garçons se

réchauffèrent comme ils le purent. Tremblants de toute part, et se retenant de crier tant ils avaient eu peur.

Finalement, ils retirèrent leurs vêtements et se changèrent entièrement. Ne pouvant garder ceux mouillés, ils les jetèrent dans la rivière. *Cela créera peut-être une fausse piste pour les policiers*, se dit sournoisement Jonas.

Toujours crispés de froid, ils reprirent leur chemin, et allèrent s'installer un peu plus loin. Dans un lieu où ils pourraient bâtir un foyer, et où les policiers auraient peu de chances de les repérer. Là, Antoine s'empressa d'en allumer un, pour que tous deux puissent se réchauffer convenablement.

Jonas mit les sacs devant, et s'assit à quelques pas de son ami. Autour du feu, le silence régnait. Comme si les garçons songeaient calmement à leur plus grande erreur. Leur plus grand échec.

— Tu penses que Noah et Sam ont réussi à se trouver un coin eux aussi ? demanda Jonas.

— Je ne sais pas… répondit Antoine en se prenant la tête dans les mains.

Jonas garda un air désespéré. Il observait la fumée légère devant lui. La terre humide à ses pieds. Le bois mouillé de cet endroit perdu. Les épines des arbres, qui tremblaient de toutes parts sous la pression du vent. Les gouttes froides qui tombaient des sapins, telles des larmes au bout des yeux…

Il entendit quelqu'un glousser à plusieurs reprises. C'était son ami. Antoine pleurait silencieusement près du feu.

Il s'approcha et passa son bras autour de lui.

— Eh… lui dit-il, t'en fais pas, ça va aller.

— Je savais qu'on n'aurait pas dû passer par cette ville ! ragea t-il. Je savais que c'était dangereux mais j'ai quand même voulu tenter ! Je suis un idiot !

— Ne dis pas ça ! répliqua Jonas.

Il força son ami à tourner son visage vers lui. Là, il le vit : rouge, mouillé, sensible.

— Depuis le début, tu fais tout pour que tout se passe bien. Ça arrive à tout le monde de se tromper.

— Oui, mais maintenant on a peut-être perdu la moitié du groupe !

— Non, je suis sûr qu'on finira par les retrouver...

Les deux garçons restèrent un moment assis côte à côte. La triste réalité venait encore de les rattraper.

Après avoir dû échapper à une meute de sanglier, c'était à présent les policiers qui s'étaient révélés être les nouvelles menaces de leur périple. D'autant plus que maintenant, ils savaient où ils se trouvaient. Des agents déployés en masse devaient actuellement parcourir la zone. Et les garçons devaient à tout prix leur échapper.

— Partons, déclara soudainement Jonas.

— Mais, tu n'as pas peur que Noah et Sam reviennent ? répliqua Antoine d'une voix innocente.

Il parut à Jonas qu'Antoine avait besoin d'être ressaisi.

— On ne va pas quand même attendre ici pour les retrouver ! lui dit-il. Les flics nous pourchassent. On ne va pas non plus attendre qu'ils viennent à nous !

Devant cet élan de détermination, Antoine sécha ses larmes, se leva, et répondit :

— Tu as raison. On va partir maintenant. On va les retrouver. On va échapper à ces putains de poulets. Et ensuite...

— On se taillera très vite, compléta Jonas.

Antoine acquiesça, avec un air sérieux qui cette fois lui correspondait plus.

Après un échange de regards convaincus, les deux amis quittèrent ce lieu sans plus attendre.

Ils avaient d'abord marché à l'est, en direction des montagnes, puis avaient continué leur route un peu plus au nord. Ils étaient toujours restés dans la même forêt, humide, boueuse et froide. Une étendue qu'ils auraient maintenant pu qualifier de « typique » par ici.

Aux alentours de cinq heures de l'après-midi, ils n'avaient toujours pas retrouvé leurs amis. Ils marchaient depuis près de deux heures maintenant.

Quelques minutes plus tard, ils entendirent un bruit se rapprocher d'eux. Un craquement régulier : des pas dans leur direction. Restants cachés derrière un arbre, ils écoutèrent le son s'approcher. Ils ne savaient pas s'il s'agissait d'un policier, de deux, ou d'autres personnes. Le seul indice qu'ils finirent par avoir, fut le rythme des pas. Il était plutôt lent, pénible et trébuchant.

Ils virent bientôt des ombres apparaître. Aussitôt, deux visages. Mais ils ne purent toujours pas savoir de qui il s'agissait. Les deux faces étaient couvertes de boue. En les voyant de plus près, ils découvrirent qu'un des deux boitait. L'autre le soutenait en le portant sur ses épaules.

— Jonas ! Antoine ! s'écrièrent Noah et Sam en chœur.

Les deux interpellés fusèrent vers leurs amis.

— Noah ! Sam ! s'exclama Jonas. Qu'est ce qui s'est passé ?

Avant de répondre, Sam assit Noah sur un rocher

avec l'aide d'Antoine. Celui-ci semblait bien amoché. Reprenant son souffle, il se lança dans des explications :

— On a réussi à échapper au mec qui nous poursuivait. On a couru dans la forêt tant qu'on pouvait, puis comme vous le voyez, il se montra ainsi que Noah, on s'est ramassé dans une flaque de boue. Ça n'a clairement pas plus à la jambe de monsieur, dit-il en le désignant. J'ai été obligé de lui remettre des bandages que j'avais dans mon sac.

— C'est inutile… répliqua Antoine avec pessimisme. Il ne saignait pas ?

— Non, répondit Sam, mais sa jambe, il fallait…

— C'est bien ce que je dis… soupira le génie. Noah ne s'est pas simplement égratigné l'autre jour. Il a dû se fouler la cheville.

— Quoi ? s'écria Sam étonné. Comment tu le sais ?

— T'as bien vu comment il marchait. Tu aurais dû t'en douter…

— Et toi alors, pourquoi tu n'as rien dit ?

— Je ne voulais pas… Enfin je… j'avais peur de…

— De le décourager, c'est ça ? Et bien maintenant regarde ce que tes fameuses idées ont donné !

Antoine ne pouvait répondre à cela. Il savait déjà qu'il avait commis une erreur en les faisant passer par la ville.

A présent, tous observaient tristement le blessé couvert de boue. Lui se sentait gêné. Il avait l'impression d'être un parasite au sein du groupe. Quelqu'un qui les retardait sans cesse.

En regardant son visage, Jonas distingua bientôt des larmes couler. La boue ne les cachait pas. Noah se sentait vraiment à bout mentalement.

« Laissez moi ici, laissez moi ici… » murmurait-il.

Personne ne dit mot. Dans le désespoir le plus total, tout le monde se mit à déprimer à sa manière. Antoine s'en alla quelques mètres plus loin, taper son poing contre un arbre. Sam mit ses mains sur sa bouche, et ferma les yeux. Il s'assit au pied de Noah, qui lui avait le visage crispé par la tristesse et la déception.

Tout semblait perdu. La motivation des garçons y comprise. La mission paraissait terminée. Finie en pleurs, sans récompense. Avec la douleur qui se lisait sur les visages des enfants, et les cris qui aussi parfois, surgissaient parce que la rage ne pouvait être contenue, cette scène était digne d'une tragédie.

Or, il suffit parfois de peu de choses, pour raviver la flamme. Un petit signe du temps. Une simple lueur, dans le ciel…

Jonas, seul à ne pas pleurer, leva justement sa tête vers le ciel. Un immense nuage gris le recouvrait. Jusqu'à ce que, dans la pénombre des cieux, se distingue une lumière. Un éclat. Un soleil pour rallumer le feu et l'espoir qui sommeillaient en lui. Il avait surgit soudainement. Comme le destin fait bien les choses, il était apparu au moment opportun.

Le héros redirigea alors ses yeux vers Noah. Il se précipita vers lui, s'agenouilla à ses pieds, et lui dit en le pointant du doigt :

— Toi, tu vas venir avec moi. Tu vas venir avec Antoine. Tu vas venir avec Sam. Tu vas venir avec nous trois. Parce que quand cette tâche qui nous a été confiée sera terminée, je veux que tu sois là pour voir qui rentrera avec nous.

Noah resta bouche bée. Il était paralysé. Surpris que

ce soit Jonas qui lui donne un pareil ordre.

Chacun l'observait et attendait une réponse de sa part. Mais Jonas n'en avait pas fini ! Il sentait un manque de motivation chez chacun de ses compagnons.

— Thomas compte sur nous ! continua t-il à l'attention du groupe. Il m'a appelé, moi. Mais, c'est nous tous qui irons le trouver.

Il se releva et fixa ses amis un à un.

— Cette aventure ne signifie pas rien ! C'est grâce à elle que nous retrouverons notre ami ! C'est grâce à elle... que je retrouverai la personne que j'aime.

En dépit de cette brusque « révélation » pour certains, tous restèrent sérieux. Ils préféraient ne pas poser de questions qui gêneraient leur ami. Pas pour le moment du moins. Ils continuèrent plutôt d'écouter son discours.

— Nous ramènerons Thomas ! s'écria Jonas. Ensemble ! Nous le sauverons ! Pour lui prouver que notre union aura été plus forte qu'une blessure ! Qu'elle soit physique, il regarda Noah, ou mentale, puis Antoine. Rien, ne nous arrêtera ! Rien, vous m'entendez ?

Chacun prit le temps de réfléchir. Ils ne savaient plus quoi penser.

Ils avaient promis de sauver Thomas ensemble. Ils avaient tenu à réussir. Mais maintenant, après avoir échappé à deux dangers qui auraient pu leur coûter tout, ils se questionnaient. Cette quête valait-elle vraiment la peine d'être terminée ? Au risque de perdre leur force, et peut-être même leur vie ? En vérité, ils connaissaient la réponse. Elle se trouvait au plus profond de leurs cœurs.

— Oui, répondit finalement Noah. Si tu le veux, je te suivrai. Non pardon... Si Thomas le veut. Après tout, que vaut une satanée foulure par rapport à un mort ressuscité !

Jonas sourit. Noah lui tendit sa main. Il l'attrapa et l'aida à se relever.

— Si Noah a le courage de te suivre, alors je te suivrai aussi, ajouta Sam.

Il se leva, et afficha également son soutien à Jonas.

Il ne manquait donc plus qu'Antoine. L'adolescent finit par s'approcher. Il avait toujours un visage empli de peine et de chagrin. Mais il ne suffit que d'un sourire de détermination sur les visages de ses amis, pour que ses intimes convictions refassent surface.

— Rien ne nous arrêtera, répéta t-il solennellement en tendant son bras.

Ils levèrent à nouveau leurs mains vers le ciel. Puis passèrent tous leurs bras au dessus des épaules des autres, formant ainsi un cercle d'amitié.

C'est à cet instant, à l'aube de la fin, que l'espoir renaquit au sein de la troupe de l'Echangeur.

Chapitre 20 :
15 Novembre

« La beauté nous aveugle, nous ment, et nous fait même oublier tout le reste... »

Il était le seul à être réveillé. Ses yeux fixaient l'obscurité de la tente. Elle lui paraissait si sombre. Pourtant, il était déjà huit heures. Le soleil était déjà levé à cette heure-ci. Que signifiait donc cette noirceur au dessus d'eux ? Il sortit silencieusement de son sac de couchage, enfila ses chaussures et son manteau, puis quitta la tente.

En l'ouvrant, il s'émerveilla devant un nouveau paysage. C'était si beau. Il n'avait jamais vu de pareil endroit. Comment, en une nuit, leur camp avait-il pu changer ainsi ? Comment, en si peu de temps, pouvait-on transformer tout un lieu ?

Ses yeux étaient éblouis par le blanc qui l'entourait. Il avait neigé. Cette poudre glacée recouvrait tout le terrain, y compris la tente. Mais bien sûr, elle s'étendait bien au-delà. Elle parsemait aussi les sapins qui les entouraient, ainsi que les reliefs aux alentours. Ils avaient dormi dans un lieu isolé, très loin de la forêt d'hier. Dans un endroit qui, selon Antoine, n'attirerait pas les policiers. D'ici, ils ne pouvaient voir aucune ville. Seulement de la végétation.

Le garçon s'agenouilla par terre. Il sentit alors le froid imprégner ses jambes. Mais cette fraîcheur, il l'appréciait. Elle était spéciale, inhabituelle, plus agréable que d'habitude. En découvrant la neige de montagne, il se découvrit finalement une sorte de passion pour cette mousse froide. Il aimait tout en elle : son odeur pure, sa texture poudreuse, son blanc, sa couleur si naturelle.

Les autres garçons se réveillèrent bientôt eux aussi. Tous souriaient et s'exclamaient en explorant ce nouvel environnement. Ils s'amusaient et jouaient avec la neige tels des enfants. Ils rigolaient avec innocence en se lançant des boules.

Pour le groupe, la neige était comme un signe. L'annonce officielle que l'espoir était revenu.

Ce matin, Jonas fut fier de graver sa phrase à travers la neige. Il l'observa d'ailleurs un instant, avant de repartir. Ses belles lettres l'inspiraient. Il avait l'impression que ces traces qu'il laissait maintenant quotidiennement, marqueraient à jamais quelque chose. Quelque chose de grand.

Les garçons, durant leur marche, virent de la neige partout. Elle était tombée dans tous les chemins qu'ils prenaient. Des montées abruptes, jusqu'aux allées d'arbres silencieuses. Cela répandait visiblement une atmosphère paisible et joyeuse sur le groupe.

Pendant qu'il marchait, Jonas repensait à ce qu'il avait fait hier. Jamais l'idée d'un discours d'espoir ne lui serait venue en tête en temps normal. Jamais un introverti comme lui n'aurait osé proclamer de telles choses avec autant de confiance. Jamais, auparavant, il n'aurait fait preuve d'autant de courage face à ses amis. Pourtant, c'est ce qu'il avait fait. Et il en était presque fier.

Aujourd'hui, les autres lui souriaient. Ils semblaient heureux d'avoir été motivés. Et même s'ils ne lui en avaient pas parlé, ils semblaient aussi heureux qu'il leur ait ouvert son cœur. Cela avait élargi leur confiance mutuelle. A présent, ils avaient atteint un point où la liberté avait pris le dessus sur tout. Plus rien ne les séparait, ou ne les chagrinait. Les garçons aux caractères si différents étaient devenus un groupe d'amis parmi les plus soudés que l'on puisse trouver.

Vers midi, Antoine annonça leur passage en Haute-Savoie. Ils y étaient donc. Le dernier département. Le cœur de leur mission. Le territoire où se trouvait l'Echangeur. En l'exposant, le génie sourit. Laissant son air sérieux de côté, il rit un instant et dit : « Ça y est les gars, c'est le dernier ! ». Les autres sourirent à leur tour. Noah finit même par s'exclamer de joie. Le blessé n'avait pas perdu sa bonne humeur.

Les paysages changèrent bientôt à nouveau. Les adolescents virent maintenant les montagnes enneigées de plus près. *Laquelle est le Mont-blanc ?* se demanda Jonas innocemment. *Il est certainement plus loin...* En effet, il ne se posait pas de vraies questions. Il rêvassait simplement face à cet univers. Face à cet endroit où l'air était certainement le meilleur qu'il avait jamais respiré, et le vent le plus vif qu'il avait senti sur sa peau.

A un moment de l'après-midi, juste après la sieste, il s'attarda sur ses trois amis. En traversant un chemin entouré de sapins, il les observa. Cette fois-ci, même Antoine aidait Noah avec Sam. Ils lui avaient construit des béquilles pour mieux marcher. Ils étaient tous solidaires.

Jonas était fier d'eux. Impressionné par ce qu'ils avaient réussi à surmonter. L'un avait combattu un souvenir qui le hantait, un autre s'était relevé d'un amour impossible, et le dernier avait enduré une blessure pour le bien commun. Quel courage avaient-ils ? Jonas se le demandait bien... « *C'est grâce à toi.* » lui murmura subitement l'Ancien. « *Tu leur as donné l'espoir qu'il fallait... Tu es l'espoir.* ». Jonas prit cette remarque avec gêne et gaieté à la fois. Flatté du compliment, mais étonné de la formulation.

Il retourna son regard devant lui.

Il avait décidément l'impression de vivre sa plus belle journée de voyage. Il n'y avait aucun souci, aucun obstacle, seulement de la joie. C'était vraiment le meilleur des jours ! Mais comme il ne restait jamais bien longtemps sans réfléchir, ses problèmes finirent par le rattraper...

Il se mit à penser au mystère de l'homme de l'autre jour. Il n'avait pas vraiment eu le temps d'y resonger durant la dernière journée. Mais maintenant que tout était rentré dans l'ordre du côté de ses amis, il prit le temps d'y réfléchir.

« *Un homme aux yeux noirs, pâle et barbu* ». Telle était la description fournie par l'Ancien. Le garçon se concentra et se remit en quête d'un souvenir...

Les minutes passèrent entre-temps. Des minutes qui se transformèrent bientôt en dizaines. Jusqu'à ce que, dans ses réflexions, Jonas finisse par trouver quelque chose. Ce n'était qu'un début dans ses recherches. Un simple mot. Mais à lui seul, il désignait déjà une chose précise : « Thomas ». Le nom du disparu lui était venu en tête. Pourquoi cela ? Il n'en avait aucune idée. Il se demandait toujours quel pouvait être le lien entre ce mystérieux individu et celui qu'il aimait tant. Mais, au moins, il était pratiquement sûr d'une chose : il avait un souvenir qui les liait tous les deux.

La nuit vint bientôt. C'était la première fois qu'ils allaient coucher aussi près des montagnes. Maintenant, c'était comme si elles les observaient. Telles des gardiennes, elles semblaient les protéger du mal qui pourrait les atteindre. La preuve, ils n'avaient croisé aucun policier !

Ce soir, autour du feu, les garçons mangèrent noblement. De délicieux sandwichs chauds au fromage leur avait été préparés. C'était Antoine qui en avait eu l'idée. Il s'était dit qu'un bon plat chaud ne pourrait pas faire de mal à leurs estomacs avec ce froid permanent.

Après leur repas, ils s'allongèrent contre leurs sacs en scrutant les pics au loin. Ils profitaient d'un instant de détente. De là où ils étaient, ils avaient un point de vue sur toute la vallée. N'était-ce pas magnifique ? Cette immense étendue de neige rien que pour leurs yeux.

Ils faillirent s'endormir. Ce panorama les faisait rêver et les incitait au sommeil. Le souffle du vent leur faisait fermer les yeux. Jonas aida ses amis fatigués à se relever. Il conduit Noah et Sam à l'intérieur de la tente, le temps qu'Antoine éteigne le feu. Tous deux attendirent ensuite que la fumée se dissipe. Puis, ils furent fins prêts à dormir…

Jonas ouvrit les yeux. Il se releva brusquement. On

était en pleine nuit. Il avait senti son cœur battre plus rapidement. Pourquoi ? Qu'est ce qui l'excitait autant ? Qu'était-ce ? Quelle était cette sensation ? Non. C'était impossible. Ce ne pouvait être ce à quoi il pensait.

Il se leva sans comprendre pourquoi. Il s'approcha de son sac ; comme attiré. Ses yeux fixèrent le petit couteau luisant dans l'obscurité. Il sentit sa main s'en approcher, le saisir. Cela allait donc recommencer. Une nouvelle perception de pensées se préparait.

Le froid s'empara soudainement de ses articulations. Il fut de suite paralysé. Cela lui fit un mal de chien. Il se retint de crier. Ses amis dormaient à moins de cinquante centimètres. Il aurait eu vite fait de les réveiller.

Il ressentit ensuite la vague de vent traverser son corps. Ses os, sa chaire, ses muscles... tout y passait. Cela faisait longtemps qu'il ne l'avait plus sentie. Et il n'était pas vraiment heureux de la retrouver...

Il ferma les yeux. Un long silence s'écoula dans le noir complet. Puis, il les rouvrit. Il se retrouva alors dans une terrible tornade. Le cosmos des défunts dans lequel il se trouvait avait perdu ses airs de blanc, et tirait à présent sur le gris. Tout était sombre. Mais qui pouvait donc bien l'appeler à un moment pareil ?

S'agitant dans les airs de son esprit, Jonas eut bientôt le tournis. L'ouragan le malmenait bien plus que la première fois. Cela lui donna une dérangeante envie de vomir.

Lorsqu'il distingua au loin une silhouette apparaître, il se crut sauvé. Que ce soit Thomas ou l'Ancien, sa situation allait s'améliorer. La personne qui lui transmettait tout cela allait se calmer et apaiser ses pensées, pour que lui puisse se retrouver comme la dernière fois, dans une vaste clairière étincelante.

Pauvre Jonas... Il se trompait lourdement. Il continua longtemps de tourner dans tous les sens. Et ce, même lorsque la personne qui l'appelait arriva. C'était Thomas.

— Thomas ! s'écria-t-il, heureux de le retrouver.

Ce dernier n'avait pas l'air de le voir. Il semblait le chercher.

— Thomas ? le rappela Jonas.

— Jonas ? répondit-il en regardant dans sa direction. Je ne te vois pas, où es tu ?

— Là ! Ici ! Regarde !

Thomas continuait de le chercher avec un air affolé mais ne le trouvait pas. Il tourna la tête plusieurs fois, avec l'effroi qui se lisait sur son visage.

Jonas l'observait de haut, intrigué. *Pourquoi ne me voit-il pas* ? Se demanda t-il. A vrai dire, Thomas ne semblait rien contrôler. Il était tout aussi perdu que Jonas. Pourtant, la dernière fois tout était parfait dans la perception. Pourquoi aujourd'hui tout chavirait ?

— Jonas ! s'écria Thomas, presque les larmes aux yeux. Ce n'est pas grave si je ne te vois pas. Juste, s'il te plaît, écoute moi !

Jonas sentait dans sa voix que quelque chose n'allait pas. Un évènement très grave s'était produit. Il le savait.

— Thomas, explique moi !

A présent, même sa voix se perdait dans le vent. La tornade semblait vouloir l'éloigner de Thomas.

Il vit son interlocuteur fondre en larmes.

— Tant pis si je ne te vois pas ou que je ne t'entends pas ! Je vais quand même te dire ce qui se passe !

Jonas sentit les traits de son visage se raidirent. Il ne sut si c'était à cause de la force qui le contrôlait, ou bien de la mine qu'arborait Thomas. Les deux le faisaient terriblement souffrir.

— Je suis désolé Jonas, lui dit-il. Mais tout ce que tu as fait pour moi… Toute cette quête que tu as accomplie pour venir me sauver… Tout ça était inutile.

Jonas sentit son cœur s'arrêter de battre. Un seul instant avait suffi à lui faire perdre son bel optimisme. Que signifiait cette annonce ? Qu'est ce que Thomas voulait dire ? A travers les rafales grisâtres, il perçut la suite qui ne le rassura guère :

— Je suis condamné à rester ici pour toujours… Et toi… Toi tu ne dois pas venir me sauver. Jamais ! Tu ne dois jamais venir me chercher ! Jamais, tu m'entends ? C'est une question de vie ou de mort !

Jonas était trop choqué pour répondre. Il avait le souffle coupé. Dans la tornade grise, ses yeux ne bougeaient plus eux aussi. Il ne comprenait rien. Il se sentait comme une coquille vide. Si Thomas disait vrai, qu'allait-il se passer ? Qu'allait-il advenir de lui et de ses amis ? Qu'allait-il vraiment advenir de Thomas lui même ? Pourquoi devait-il rester prisonnier ici ?

— Jonas… murmura t-il. Tout ça n'est que le résultat d'un plan malfaisant.

Il redirigea ses pupilles fixes vers Thomas. Ces paroles l'interpellaient beaucoup trop, et il tenta de s'approcher de lui. Contre la tornade, il avança péniblement dans le vide.

— Depuis le début, tout ce qui a été fait n'était qu'une manœuvre sournoise. Depuis le début, tout n'était que mensonge.

Jonas stoppa son avancée et se laissa à nouveau divaguer.

Cette phrase remettait en cause toute cette aventure. Tout ce qui s'était passé depuis ces dix derniers jours... La véritable source de ses pouvoirs... Elle remettait même en cause la première perception que Thomas lui avait transmise...

— Thomas ! l'appela t-il de toutes ses forces. Je t'en prie, explique-moi ce qu'il se passe ! Qui ? Qui a fait tout ça ?

Les traits du visage de Thomas se raidirent à leur tour. Cette fois, il l'avait bien entendu. A la vue d'autant de tristesse sur un visage, Jonas se mit lui aussi à verser des larmes.

— Celui qui a volé mon âme...

Jonas ouvrit grand sa bouche. Ses yeux s'écarquillèrent. Son souffle se coupa. Ses bras s'immobilisèrent. Puis dans l'obscurité, sa mâchoire commença à trembler. Ses paupières à se fermer...

La dernière image qu'il eut de Thomas, fut le visage triste de ce dernier, ainsi qu'un bras posé sur son épaule. Une ombre semblait s'être approchée derrière lui. Le spectre d'un grand homme qui était venu, et avait délicatement placé sa main à gauche de sa tête. Une image, qui même après la fin de la perception, marqua Jonas au fer rouge.

En rouvrant ses yeux, il reprit son souffle. Il sentait encore les courants de vent malsains le parcourir. Puis bientôt, ils partirent. En le laissant seulement dans sa mélancolie.

Toujours en respirant profondément avec la bouche, Jonas tourna son regard vers ses trois amis. Ils avaient changé de position, comme s'ils avaient été dérangés par son appel nocturne. Mais heureusement, ils dormaient toujours…

Le garçon resta un moment sans bouger. Le moment qu'il venait de vivre était certainement le plus effrayant de toute sa vie. Le plus énigmatique aussi. Que s'était-il vraiment passé cette nuit là ? Tout était allé si vite. Cela lui avait paru si inimaginable qu'il se mit à penser que tout cela n'était qu'un rêve. Malheureusement, il se rappelait trop nettement de ce qu'il avait vu pour ne pas y croire ; et il avait une autre preuve. Après avoir repris ses esprits, le garçon sentit une vive douleur dans sa main droite. Du sang chaud ruisselait du bout de cette dernière. Une profonde entaille traversait sa paume. Il ne mit que peu de temps pour repérer la source de cette blessure. Le couteau. Lui aussi était couvert de sang. Il avait dû un peu trop forcer sur la lame durant la perception…

Il alla discrètement chercher des bandages dans le sac de Sam. L'aventurier avait toujours du matériel médical sur lui. Jonas en sortit le nécessaire pour lui, puis le referma. Il appliqua ensuite délicatement le bandage sur sa main. Cela lui fit un peu mal, mais comparé au sentiment de stress qu'il ressentait actuellement, ce n'était rien. Il avait si peur de ce que Thomas lui avait dit. Il avait peur que tout cela se révèle être vrai. Peut-être que le prisonnier se trompait ? Mais peut-être qu'il avait aussi raison sur toute la ligne…

En dépit de ce qu'il lui avait raconté, Jonas se promit d'en parler à l'Ancien dès le lendemain. Il était certain qu'il serait l'homme à pouvoir l'éclairer dans tout cela.

Mais pour l'instant, le jeune homme pensait à autre chose. Une chose qui lui donnait la rage. Maintenant que Thomas lui avait donné la vraie raison de sa disparition, il pensait connaître le coupable. Il se rappelait maintenant d'un souvenir perdu. Celui de Thomas, et d'une de leur dernière discussion avant qu'il ne disparaisse. « *C'était un vieil homme louche qui traînait par là... Un vieux laiteux barbu, aux yeux supers noirs.* » lui avait-il dit, à propos d'un mystérieux individu qui traînait dans les champs de son village. Et si c'était aussi cet homme, qui avait poussé l'Ancien de la falaise ? Et si c'était cet homme, qui avait également causé la disparition de son ami en l'emmenant au cosmos des défunts ?

Dans ce cas, il n'était pas prêt de se décourager. Il ne comptait pas abandonner celui pour qui il avait tant d'affection. Il ferait tout pour le sauver.

Chapitre 21 :
16 Novembre

« Puis il y a eu ce dernier instant de douceur, déjà empli de peine... »

Une nuit, quelques minutes. C'était tout ce qui avait suffi à Jonas pour perdre son sourire.

Son visage crispé par l'angoisse avait du mal à s'articuler ce matin. Le « Salut ! » qu'il avait dû adresser à chacun de ses amis au levé, avait été difficile à prononcer. Même ses mouvements étaient différents. Là où hier ils étaient souples, élancés, sans complexes ; aujourd'hui, ils étaient raides, presque robotiques.

Son attitude durant la marche ne troubla pourtant pas ses compagnons. De l'extérieur, il ne paraissait que plus silencieux. Mais au fond de lui, Jonas ne se sentait pas bien. Il n'avait pas beaucoup dormi. Il avait continué de penser à la perception de Thomas. Elle l'avait fait redescendre sur terre. Elle l'avait vraiment abattu.

Il se remémora la nuit du trois novembre. C'était celle qui lui avait redonné de la joie. Celle qui lui avait fait imaginer, qu'au bout d'un simple voyage, il retrouverait son ami. Il savait maintenant que c'était faux. Après avoir dû gérer plusieurs tensions au cours de l'aventure, il semblait avoir découvert la péripétie ultime de ce voyage. A présent, il comprenait que quelque chose de bien plus terrible planait comme une ombre sur le groupe. Une ombre qui depuis le début, avait tout prévu.

Jonas s'était promis de l'affronter. Il ne laisserait pas l'homme qui avait volé l'âme de Thomas le garder avec lui. Même s'il tombait dans un piège, il irait jusqu'au bout. Par tous les moyens, il le ramènerait. Mais bien sûr, il ne dirait rien à ses amis. Il ne voulait surtout pas les effrayer avant l'arrivée. Ils avaient déjà bien assez souffert comme ça. Et même s'il devait briser la confiance qu'ils avaient tant développée, Jonas le ferait. Il souhaitait à tout prix leur faire garder espoir.

La matinée parut finalement rapide pour le jeune homme. A force de réfléchir, il avait mal à la tête. Il ressentit le besoin d'être seul. Ne serait-ce que quelques instants. Au déjeuner, il était parti en informant ses amis de son retour prochain. Chacun avait acquiescé et avait respecté sa volonté.

Jonas avait d'abord couru doucement à travers le feuillage, pour enfin se retrouver au milieu de nulle part. Il avait ensuite titubé entre les arbres pendant longtemps. Il avait respiré, écouté les bruits de la forêt, et fermé les yeux.

A un moment, il avait senti une lumière éblouir son visage. Le soleil éclairait en face de lui. La forêt s'arrêtait ici, au bord d'un précipice. Une quarantaine de mètres séparaient le garçon du sol. Il fixa alors le vide devant lui. Il aurait tant aimé que tout cela s'arrête. Que tout cela ne se soit jamais passé. Cette aventure, la disparition de Thomas… Il aurait donné sa vie pour que tout redevienne comme avant. Tout en se disant que si tout cela n'avait pas eu lieu, certaines choses plus que positives ne se seraient pas produites.

Ce précipice qu'il fixait était comme la marre de l'autre jour. Il permettait à Jonas de changer de monde. De se croire seul. De songer à rien comme à l'impossible... C'était la première fois qu'il était autant angoissé depuis la disparition de Thomas. A cause de cela, il avait comme une boule dans la poitrine. Quelque chose qui l'empêchait de bien respirer. Il s'assit donc sur la neige fraîche, le temps de reprendre correctement sa respiration.

Tandis qu'il fixait avec amusement la buée de son souffle, ce fut finalement par le grand astre brillant en face de lui que ses pupilles furent attirées. L'éclat du soleil imprégna alors ses yeux foncés. La lueur de l'enfance resurgit au sein de son regard. La sensibilité et la fragilité d'un petit garçon prirent le dessus sur sa maturité. L'adolescent retrouva pour quelques temps son âme d'antan.

Après tout, dans ces circonstances, revenir en arrière était peut-être la meilleure chose à faire. Arrêter le temps. Resonger au passé, pour mieux préparer le futur. Être seul quelques minutes pour refaire le point sur lui-même. Il y avait longtemps que le garçon n'avait pu profiter d'un moment de calme et de solitude comme celui-ci. Ce passage dans ses journées, c'était quelque chose qu'il appréciait. Qu'il avait perdu. Qu'il tentait aujourd'hui, dans un moment de peine, de retrouver.

Il revint manger, une dizaine de minutes plus tard. Il se sentait déjà un peu mieux. Il arrivait à sourire. C'était le principal.

En grignotant son sandwich, il discuta avec les autres.

— Vous, vous pensez qu'il ressemble à quoi cet

Echangeur ? demanda Noah.

— Aucune idée, répondit Sam

— Moi, je pense que c'est un objet brillant, très brillant, suggéra Antoine. Dans tous les cas c'est quelque chose de très puissant.

— Ouais ça c'est sûr... acquiesça Noah. Et toi Jo', tu penses qu'il ressemble à quoi ?

Jonas releva la tête de son sandwich. Puis répondit :

— Ah, euh, je ne sais pas trop. Pourquoi pas quelque chose que tout le monde a déjà vu ? Comme une fleur par exemple. Sauf que celle-ci serait différente. Elle aurait juste quelque chose de plus.

Les garçons prirent tous un air pensif.

— Pourquoi pas un caillou dans ce cas ! Ou un bâton, une feuille,... commença à énumérer Noah.

— Un flocon de neige ! ajouta Sam.

— Un brin d'herbe !

— Une feuille de papier !

— Un couteau !

— Un chiffon !

— Une boîte !

Des dizaines de mots sortaient de la bouche des garçons.

— La merde d'Antoine ! s'écria soudainement Noah.

Tous se turent. Jonas leva les yeux vers Antoine et attendit sa réaction. En voyant qu'il le dévisageait, Noah ajouta :

— Bon, ok, je sors.

Il se leva et alla mimer l'ouverture d'une porte. Il passa à travers et sortit en faisant mine de la claquer. Les autres éclatèrent de rire.

Noah revint le sourire aux lèvres, content que sa

blague ait finalement fonctionné.

Ils continuèrent à plaisanter en mangeant. Cela redonna un peu d'optimisme à Jonas, qui parvint à ne plus trop penser à l'annonce d'hier.

Durant l'après-midi, les garçons contournèrent un vaste lac. C'était la première fois qu'ils en voyaient un aussi grand. Jonas contempla le décor. Cet immense point d'eau, encerclé par la neige. Le liquide n'y bougeait pas. Il avait l'impression d'observer un miroir géant qui reflétait le ciel.

Soudainement, on l'appela, une dizaine de mètres plus loin. Antoine lui montra des décombres de l'autre côté du lac. Jonas plissa les yeux et avança vers son ami. Il le suivit ainsi que les autres, jusqu'à l'énorme tas où se mélangeaient bois et métal. Il y en avait un empilement mal organisé. On aurait dit qu'une maison entière s'était effondrée.

Jonas inspecta l'ensemble de l'amas. Il y vit notamment une petite plaque de métal, posée au sol. Celle-ci lui fit l'effet d'une interrogation.

Pendant que les autres observaient toujours ce sinistre endroit avec des airs intrigués, il s'en rapprocha et s'agenouilla face à elle. Elle brillait dans cet angle avec l'éclat du soleil au dessus. Jonas en approcha sa tête.

— Qu'est ce que tu fais ? lui demanda Sam.

Il ne répondit pas. Il ne savait pas lui-même pourquoi il le faisait.

Il posa sa main gauche sur la plaque. Il préférait garder celle bandée sous sa manche. D'abord, il sentit le métal brûler sa paume. La chaleur solaire qui luisait rôtissait sa main. Puis bientôt, plus rien. Le vide total.

Avant qu'ensuite, elle ne devienne froide. Oui très froide. Jonas ferma alors les yeux. Tout ce qu'il faisait était instinctif. Il sentit alors l'air parcourir l'intérieur de son corps. Il sentit quelque chose venir jusqu'à lui.

Ses amis eux le regardaient avec incompréhension, mais ils le laissaient faire. Ils avaient confiance en lui, et savaient que ce qu'il faisait était forcément quelque chose de bon.

Jonas vit soudainement apparaître une image dans sa tête. Celle d'une maison au bord d'un lac. Devant, il y avait un couple qui se tenait dans les bras. Ils avaient tous deux des manteaux chauds et ne devaient pas dépasser la quarantaine d'années. Lui était blond. Elle était brune. Ils avaient l'air de se sentir bien. Ils semblaient bien vivre de leur isolement.

Bientôt, le paysage changea. Il vit maintenant un orage, du vent, de la violence dans le ciel. Les amoureux étaient là eux aussi. Ils se trouvaient à l'intérieur de la maison au vu du décor selon Jonas. Ils se serreraient de toutes leurs forces. Ils avaient peur. Au dessus d'eux, il y avait une plaque fixée à un mur. C'était la même que celle qu'il touchait en ce moment. Sauf qu'au temps du couple, elle était plus belle, brillante, lisse, dénuée de saletés. Dessus, Jonas arrivait à lire le message gravé : « *Love For the Eternity* ». « L'amour pour l'éternité » traduit-il.

Soudain, un son assourdissant retentit. La foudre frappa dans la maison. Les murs, les meubles, tout explosa dans un horrible vacarme. Des flammes commencèrent à jaillir des entrailles de la demeure. Elles se déplacèrent et se répandirent bientôt dans toute la pièce. Au milieu de tout ce chaos, se trouvaient l'homme et la femme, allongés côte à côte. Prêts à mourir...

Jonas se leva. Il arrêta de toucher la plaque. Celle-ci semblait lui avoir révélé un nouveau pouvoir. Un don qui lui avait permis de découvrir le destin funeste des deux personnes à qui l'objet avait appartenu. Deux personnes qui semblaient seulement s'être aimées jusqu'à la fin.

— Ça va Jonas ? lui demanda Noah.

Jonas se retourna et acquiesça lourdement en gardant ses yeux rivés sur le sol.

— Qu'est ce que tu as vu ? demanda Antoine.

Le génie avait deviné ce qui s'était passé.

— J'ai vu où était cette plaque, et à qui elle appartenait, répondit-il.

— À qui ? Ajouta Noah.

— Un couple. Ils avaient l'air de s'aimer plus que n'importe qui. C'est tragique...

— En tous cas, ils ne sont plus là, dit Sam. Leurs corps ont dû être emportés loin d'ici...

Les adolescents prirent un air de deuil, avec des visages crispés par la gêne. Ils restèrent silencieux comme pour rendre hommage aux deux défunts. Ceux qui n'avaient pas vu la scène avaient quand même tout compris.

Jonas, en fermant les yeux, entendit à nouveau un son. Un souffle doux dans sa tête. C'était une voix. Pas celle de l'Ancien, mais s'en était bien une. « *Prends la plaque.* » lui dit-elle. Elle paraissait venir d'une femme. « *Prends la plaque et coule là dans le lac pour qu'elle ne soit jamais volée. Pour qu'elle demeure à jamais ici...* » Après cela, Jonas entendit une seconde voix.

Celle d'un homme. Elle était plus rauque. « *Oui, s'il te plaît gamin, respecte notre dernière volonté.* ». Le garçon comprit qui lui parlait. Après avoir touché la plaque, les deux amoureux avaient à leur tour senti qu'il pouvait entendre leurs voix.

« *Je vous promets de le faire* », répondit-il par la pensée. « *Je vous présente également mes plus sincères condoléances. Vous aviez l'air si beaux tous les deux. Vous ne méritiez pas cela...* ». Un petit silence s'écoula. Jonas rouvrit les yeux et entendit la réponse de ses interlocuteurs : « *Ne t'inquiètes pas pour nous*, répondirent-ils en chœur, *nous sommes très bien là où nous sommes. Nous sommes ensemble, c'est le principal. Nous avons réussi à accomplir nos rêves avant de partir. Nous voulons juste que tu exauces notre dernier souhait.* ». Jonas s'exécuta.

Il alla prendre la plaque. Elle était plutôt lourde mais il arrivait tout de même à la porter. Il l'amena jusqu'au bord du lac, s'agenouilla et la posa à terre. A cet instant, il sourit. Qui n'aurait pas voulu qu'on exauce son dernier souhait après la mort ? Il était presque fier d'accomplir cette mission.

— Qu'est ce que tu vas faire maintenant ? lui demanda Noah.

— Je vais respecter leur dernière volonté, répondit-il avec franchise.

Il jeta la plaque dans le lac. Les autres s'approchèrent et l'observèrent lentement couler. Cela avait troublé le reflet. De minuscules vaguelettes circulaires se dessinaient à présent tout autour de l'objet. L'eau le nettoya alors de toutes les saletés dont il était recouvert. Bientôt, les garçons purent apercevoir des lettres apparaître en dessous du lac. « *Love for the Eternity* »...

Après cela, Noah et Sam recommencèrent à marcher pour prendre un peu d'avance. Antoine et Jonas eux, attendirent que la plaque coule et restèrent un moment calmes face à ce bel instant fragile.

Lorsqu'on ne distingua plus ni vaguelette ni plaque de fer, Antoine regarda son ami et lui demanda d'un air intéressé :

— Alors comme ça, tu peux aussi voir le passé, et entendre les voix des disparus ?

Jonas le regarda à son tour. Il parut réfléchir un instant. Puis répondit avec un doux sourire :

— On dirait bien...

Chapitre 22 :
16 Novembre

> « C'est à ce moment
> que la fin pu débuter... »

Un moment important se préparait.

Dans la pénombre, Jonas pensait déjà à ce qu'il allait faire. Il allait parler à l'Ancien de tout ce qui s'était passé. De ce mystérieux pouvoir qu'il avait nouvellement développé, et puis bien sûr de l'inquiétante perception de Thomas. Il avait besoin de réponses. Il avait besoin d'exposer ses problèmes à quelqu'un. Il avait besoin d'un soutien.

Après toute une journée de marche, durant laquelle il s'était retenu de discuter avec lui pour se vider la tête, il se sentait maintenant prêt. Le moment de passer aux choses sérieuses était venu.

Actuellement, les garçons marchaient sur un chemin enneigé. Il était presque vingt heures, et la nuit recouvrait déjà la forêt. Seul l'éclat de lune faisait encore percer sa lumière à travers les arbres. Bientôt, ils décidèrent de s'arrêter. Un coin isolé entre les sapins leur parut parfait. Ils allumèrent d'abord leurs lampes de poche car ils n'y voyaient plus rien, puis posèrent leurs affaires. Comme tous les soirs, chacun se mettait à la tâche. Certains montaient la tente, d'autres s'occupaient du feu et du repas.

Ce soir, il faisait si froid qu'ils décidèrent de manger leur dessert à l'intérieur de la tente. La fatigue se lisait sur leurs visages. Il était vraiment temps que le voyage se termine pour eux.

Après s'être dit « Bonne nuit », ils n'eurent qu'à se coucher directement sur leur lit.

Jonas attendit ensuite que tous ses amis s'endorment pour appeler l'Ancien.

— *Monsieur ! dit-il. L'Ancien !*

Pas de réponse.

— *L'Ancien !* répéta t-il.

Cette fois-ci, il eut un retour :

— *Euh oui, bonsoir mon garçon,* lui dit-il, *désolé, je n'avais pas perçu ton appel.*

— *Je vous rassure, vous n'avez pas à vous excuser. Des choses bien plus importantes méritent votre attention.*

— *Ah oui, lesquelles ?*

— *Des choses plus que préoccupantes. Mais avant de vous de les raconter, il faut que je vous dise ce qui m'est arrivé cet après-midi.*

— *Très bien mon garçon, je t'écoute.*

— *Bon, voilà,* commença Jonas, *aujourd'hui, mes amis et moi, on s'est arrêté près d'une maison effondrée. Dans les décombres, il y avait une plaque en métal, et elle m'a comme « attiré ». Pourtant, ce n'était pas comme d'habitude. Elle m'a donné envie de la toucher, mais pour une raison qui m'échappe encore. Bref, j'ai posé ma main dessus, et après j'ai pu découvrir la triste histoire des deux amoureux qui vivaient dans cette maison. J'ai pu voir le passé...*

Le garçon se souvenait encore nettement de ce moment si tendre. C'était sans doute cela qui l'avait apaisé jusqu'à ce soir. L'Ancien répondit :

— *Je comprends. Ce que tu veux dire, c'est que l'objet en lui-même ne t'a pas attiré, mais plutôt comme « intrigué ». Là où une sorte de « perception de pensées » te réclame, car elle est comme un appel, un souvenir qui t'intéresse ! Car même si tu n'en as pas conscience, il pique naturellement ta curiosité ! Certains souvenirs sont seulement plus remarquables et attrayants que d'autres. Mais globalement, la plupart s'enferment dans des objets. Ce qui expliquerait donc que ce soit cette plaque en métal qui t'ait transmis tout cela.*

— *Oui mais je n'avais jamais utilisé ce « pouvoir » avant. Pourquoi seulement maintenant ?*

— *Tes dons se développent mon garçon*, lui apprit l'Ancien. *Bientôt, je pense que tu auras atteint l'ultime de tes capacités : Le dernier pouvoir.*

Jonas l'imaginait déjà. Quel pouvait être ce « dernier pouvoir » ?

— *Est-ce que vous avez une idée de ce qu'il pourrait être ?* demanda t-il d'un ton hésitant.

— *Je ne peux pas le savoir à ta place mon garçon*, répondit l'Ancien avec un petit rire. *Ce n'est pas moi qui ai tous ces dons en ma possession.*

— *Oui, c'est vrai…*

Il y eut un court moment de calme dans la discussion. Jonas se préparait à passer à la suite. Il allait enfin raconter tout ce qu'il avait sur le cœur.

— *Mais bon, passons aux choses sérieuses…* dit-il avec une profonde inspiration, *Mon ami m'a contacté*

hier soir. Il m'a fait percevoir une pensée terrifiante.
L'Ancien parut choqué.
— *Quel genre de chose t'a-t-il fait percevoir ?*
— *C'était très bizarre... D'abord, je me suis retrouvé dans le cosmos des défunts, comme la dernière fois. Mais il était gris. Il y avait une ambiance triste qui n'était pas là, la dernière fois.*
— *Je vois, continue.*
— *Ensuite, je l'ai vu, mais je crois que lui n'arrivait pas à me voir. On s'est quand même rapidement compris, et il m'a raconté tout un tas de choses horribles. Il m'a dit que tout ce que j'avais entrepris était inutile, qu'il ne fallait surtout pas que je vienne le chercher ; que c'était une question de vie ou de mort.*
L'Ancien paraissait vraiment très intrigué.
— *C'est vraiment très préoccupant tout ça en effet...*
— *Oui mais je crois que le pire vient après... Alors qu'il pleurait, je l'ai entendu m'expliquer que tout ça n'était que le résultat d'un plan malfaisant. Que depuis le début, tout n'était que mensonge.*
La voix ne put de suite répondre. Elle paraissait vraiment choquée. Elle semblait avoir le même niveau de peur que Jonas.
— *Que t'a t-il dit ensuite ?* demanda t-elle.
— *Il m'a dit... Il m'a dit...*
Jonas bégayait. Il n'arrivait pas à répéter ces mots.
— *Il m'a dit que ce plan venait de celui qui avait volé son âme.*
Cette fois-ci, Jonas sentit jusqu'aux battements de cœur de l'Ancien. Le sage était terrifié. Comme s'il avait compris quelque chose que le jeune homme ne pouvait se représenter.

— *Monsieur*, ajouta t-il, hésitant. *S'il vous plaît, répondez moi, savez vous quelque chose à propos de cet homme ?*

Pas de réponse.

— *Monsieur ?* répéta t-il. *J'ai peut-être une idée du coupable !*

Le garçon ne perçut toujours aucun nouveau son dans sa tête.

— *Monsieur,* dit-il en voulant aller droit au but, *est-ce que vous m'avez dit toute la vérité à propos de celui qui vous a poussé de la falaise ?*

Cette fois-ci, Jonas entendit des pleurs. Le chagrin semblait provenir de son interlocuteur. L'Ancien pleurait à chaudes larmes.

— *Monsieur, je vous en prie, répondez...*

Aucune nouvelle parole.

A l'intérieur de la tente, Jonas commença lui-même à sangloter.

— *Répondez !* dit-il désespéré.

Autour de lui, il sentait le mouvement de ses amis. Il devait un peu trop les déranger en s'agitant sans le faire exprès.

— *Monsieur, répondez moi* ! cria t-il intérieurement.

Il entendit soudainement une réponse. Elle était fragile, navrée :

— *Je suis désolé mon garçon, mais je ne peux plus rien faire pour toi...*

Non, non, c'est impossible... pensa Jonas.

— *Non monsieur répondez je vous en supplie!*

L'Ancien semblait l'avoir abandonné définitivement.

— *Répondez* ! hurla t-il.

Plus rien.

— DITES MOI LA VÉRITÉ !

Il avait tonné dans le monde réel.

En se relevant brusquement, il s'aperçut qu'il avait les larmes aux yeux. Il avait réveillé ses amis qui autour de lui s'agitaient tels des animaux effrayés.

— Qu'est ce qui se passe Jo' ? Ça va ? lui demanda Sam.

Jonas ne put répondre. Il garda ses yeux rivés sur sa couette, et sécha ses larmes avec peine.

Le malheur se lisait sur son visage. A partir de ce moment, il se rendit compte que tout était fini. L'Ancien l'avait délaissé une fois pour toute.

Pourtant, il se sentit encore dans l'obligeance de ne rien révéler. Après avoir repris son souffle, il répondit :

— C'est rien, c'était juste un cauchemar…

Chapitre 23 :
17 Novembre

« Au-delà de tous nos malheurs, nous continuons toujours d'avancer. Car toujours nous n'avons d'autre choix que de suivre le destin... »

Aujourd'hui, c'était le dix-sept novembre, l'avant dernier jour de voyage. Aujourd'hui, ce fut également le jour où tout bascula. Le jour où Jonas perdit tout optimisme.

Là où la journée d'hier avait marqué le début de ses craintes, celle-ci allait le réduire à néant. L'Ancien l'avait abandonné dans sa quête. Celui qui l'avait tant aidé, l'avait finalement lâché. Il avait eu peur. La crainte que Jonas avait sentie en lui l'avait marqué. Jamais, auparavant, le garçon n'avait pu voir la moindre frayeur chez lui. Mais aujourd'hui, tout avait changé. L'Ancien avait compris quelque chose. Il avait réussi à déceler la source du véritable danger, mais il ne la lui avait pas dite. Il avait préféré fuir avec lâcheté.

En gravissant les montées à répétition, Jonas voyait les mines pleines d'espoir qu'arboraient ses amis. C'était un visage qu'il ne pouvait avoir. Sur le sien, on ne trouvait que du regret, de l'angoisse.

Le jeune homme était perdu. Il se sentait idiot. Idiot

de ne pas avoir posé plus de questions. Idiot d'avoir tout accepté. Idiot d'avoir écouté quelqu'un qui lui avait répété que la confiance était importante, et qui au final l'avait lui-même délaissé. Si Thomas ne revenait pas, s'il ne parvenait pas à le ramener, il en serait responsable. Car c'était sa faute. Il le savait.

En même temps, qu'est ce qui lui avait pris de partir sur un coup de tête à l'autre bout de la France ? D'y embarquer ses amis pour quatorze jours ? Il supposait que c'était à cause de son attachement pour lui. Il n'avait pas réfléchi. Il avait agi sous le coup de l'émotion.

En ce jour, l'isolation ne lui était d'aucun recours. Il continuait simplement de marcher avec ses amis. Avancer en dépit de la fatigue, puisque c'était la seule chose qu'ils pouvaient faire...

Il ne pouvait leur révéler la vérité. Plus maintenant. Peut-être que cette quête ne les mènerait à rien. Qu'ils seraient forcés d'affronter l'homme inconnu. Mais après tout, ils n'avaient plus rien d'autre à faire. Jonas n'avait plus le courage pour dire « STOP ». Pour avouer que (presque) tout était fini. Qu'il était dangereux de faire un pas de plus.

Alors, ils continueraient leur voyage. En traversant des forêts, en longeant des rivières et en gravissant des montagnes. En respirant l'air des Alpes, soufflant dans le vent et supportant la fatigue. Plus ils montaient en altitude, plus il était dur d'avancer. Maintes fois, ils faillirent tomber à terre à cause de l'épuisement. Au cours de l'aventure, ils avaient perdu de leurs énergies vitales. Leurs peaux pâlissaient de jour en jour, et certains étaient même tombés malades. Antoine et Noah toussaient toutes les cinq minutes. C'était un son insupportable pour Jonas. Lorsqu'il entendait ce bruit de toux, il avait envie de taper le premier arbre de toutes ses forces. Parce que oui, les nerfs aussi avaient été fragilisés.

Tout cela était un véritable cauchemar. Oui, c'était le bon mot ! Cette aventure était un mauvais rêve. Une belle illusion qui s'était progressivement transformée en un songe tordu, triste, et profondément déprimant...

Et si c'était vrai ?

Jonas arrêta sa marche brusquement. Par instinct, il dit à ses amis de continuer d'avancer. Il resta alors à respirer profondément. Il se donna une violente claque qui l'aurait sans doute réveillé. Les yeux fermés, il patienta. Il attendit que sa mère l'appelle. Qu'elle lui dise qu'il était temps de se lever et d'aller au collège comme tous les matins.

Il rouvrit doucement ses paupières. Au début, sa vision était troublée par la gifle qu'il venait de se mettre. Puis, il vit nettement. Il s'aperçut sans grand étonnement, qu'il se trouvait sur un grand chemin de terre, entouré de sapins. Il était toujours là. L'aventure était bien réelle. Il ne rêvait pas...

La suite de la journée se révéla moralement identique à la matinée. Jonas pensait cette fois à ce qu'il allait vivre demain. Il se demandait seulement s'il allait pouvoir revoir Thomas. Si le diabolique être qui avait volé son âme allait le laisser le voir. Dans tous les cas, il était terriblement angoissé. C'était étrange cette sensation de désespoir et d'appréhension en même temps. Comme s'il savait que tout était fini, mais qu'au fond, il voulait quand même connaître la fin.

Vers dix-sept heures, les garçons furent confrontés à un nouveau problème. Alors qu'ils marchaient le long d'une route qui surplombait la vallée, ils aperçurent des feux rouges et bleus se rapprocher en contrebas. Puis, ils entendirent les sirènes retentir. *La police*, pensa Jonas. « Merde ! » jura Antoine. « Venez par là, dit-il en montrant un coin caché par un amas de rochers et d'arbres déracinés. ». Pendant que les voitures de police approchaient dangereusement, Antoine et les autres coururent jusque derrière le coin décrit par celui-ci, et se cachèrent à l'ombre d'une large masse de pierres.

Après cela, ce fut le silence quasi-complet. Chacun se tut, en écoutant les véhicules approcher. Ils entendirent bientôt le bruit des moteurs s'arrêter, puis celui des portes s'ouvrir et se refermer. Les policiers, sans doute suspicieux à cause des formes humaines qu'ils avaient vues se déplacer au loin, semblèrent vadrouiller un peu partout, en marmonnant des messages brefs, tel que : « Je vais voir par là. » ou « Rien par ici non plus. ». Ce silence angoissant parut interminable pour les adolescents, déjà à bout de force.

Heureusement, après n'avoir rien trouvé (et pas beaucoup cherché aussi, il faut le dire), les policiers repartirent. Les garçons sortirent alors discrètement de leur cachette, toujours sans un mot. Ils observèrent avec attention si le moindre danger avait bien disparu.

Ils avaient encore eu beaucoup de chance cette fois-ci ! Néanmoins, cela leur avait une nouvelle fois rappelé les risques du voyage. Car finalement, même dans cette partie des Alpes, où les montagnes paraissaient si protectrices, et l'environnement, dénué de dangerosité humaine, les agents pouvaient toujours patrouiller. Il fallait ainsi rester à l'affût du moindre embarras, et ce, jusqu'à la toute dernière journée.

Après avoir inspecté les alentours, les adolescents reprirent la route, leurs cœurs battant toujours la chamade.

La nuit vint bientôt. Cela avait été une journée complètement vide de sens pour Jonas. Une sorte de « descente aux enfers ». Ce soir là, ses compagnons et lui mangèrent dans le plus grand des silences. Ils étaient stressés. Jonas le voyait. Pourtant, eux ne se doutaient de rien. Mais le fait de savoir que quelque chose qui n'avait jamais été fait auparavant, allait se passer sous leurs yeux, les préoccupait.

Antoine expliqua à la troupe que le cirque ne devait plus se trouver très loin. Mais qu'il faudrait quand même beaucoup marcher au cours de la dernière journée, s'ils voulaient atteindre le vieil étang à temps. Les autres avaient alors acquiescé avec le plus grand des sérieux. Certains avaient même poussé une grande inspiration, symbolisant le courage dont ils allaient devoir faire preuve le lendemain.

Pendant que ses amis allaient se coucher, Jonas lui observait avec intérêt l'obscurité qui régnait dans ce ciel nocturne. Les étoiles… Peut-être auraient-elles pu lui indiquer un petit quelque chose. Un léger signe, un bref présage, rien qu'un indice sur la journée de demain. Mais bon, il ne croyait pas en l'astrologie, alors à quoi bon espérer un signe aujourd'hui. Il alla s'allonger sur son lit. Les garçons éteignirent leurs lampes de poche, se dirent bonne nuit une dernière fois, et fermèrent les yeux.

Six heures du matin, dernier jour. Le dix-huit novembre. La journée tant attendue. Jonas se leva, il sortit discrètement de la tente. Il ne prit même pas le temps d'enfiler son manteau. Le souffle glacial de la Haute-Savoie le fit frissonner. Il faisait encore nuit à cette heure-ci. Le garçon apercevait à peine les premières lueurs de l'aurore à l'horizon. Cela lui rappela la première journée.

Ce matin, il n'était plus vraiment déprimé. Mais il n'avait pas vraiment d'espoir non plus. Il avait médité toute la nuit sur le sort qui l'attendait à Saint-Daniel. Il avait décidé de suivre le destin. Il allait laisser la fine brise qui l'avait jusque là poussé, le porter une dernière fois, jusqu'à la fin de cette mission. Car même s'il n'en connaissait pas encore l'issue, quelque chose lui disait que c'était ce qu'il devait faire.

Loin de lui, il vit un cirque. Un relief rocheux, en forme de fer à cheval, éclairé par les premières lumières du ciel. On pouvait déjà le voir de là où ils se trouvaient. L'endroit où des faits inattendus se préparaient. Des évènements dont même lui ne se doutait pas. Une chose qui changerait à jamais le cours du temps.

Chapitre 24 :
18 Novembre

« Dur est le mot qui pouvait décrire ce voyage. Courageux était celui qui en décrivait les voyageurs. »

La douleur parcourait leurs jambes. Un poids immense pesait sur leurs épaules. Leurs bras tombaient de chaque côté de leur corps, comme des sacs de sable. Leurs visages fragiles et leurs yeux rouges annonçaient eux aussi la fin prochaine…

Alors que leurs forces se faisaient faibles, les garçons arrivèrent bientôt à l'entrée d'un village. Il semblait petit, et ne devait compter qu'un petit millier d'habitants à l'année. Noah reconnut de suite le lieu dans lequel il était venu deux ans auparavant. En voyant le panneau rectangulaire où était marqué le nom « Saint-Daniel », les garçons sentirent leurs yeux s'humidifier. Ils allaient y arriver. Maintenant, il ne leur restait plus qu'à monter au cirque.

Lorsqu'il avait observé l'aube, Jonas s'était demandé s'il devait abandonner ses amis ou non. S'il valait mieux qu'il finisse cette aventure sans eux. Malheureusement, il savait qu'aucun ne l'aurait laissé y aller tout seul. Ses amis, ceux qui lui étaient si chers, étaient des personnes courageuses. De plus, alors qu'il regardait paisiblement le soleil émerger des alpages, Sam était sorti de la tente. Il l'avait entendu et était venu le voir. Jonas n'aurait pas pu partir. Sam lui avait adressé le sourire qu'il méritait d'avoir pour cette ultime journée. Avant de partir, il avait ainsi gravé pour la dernière fois sa phrase fétiche. Le dernier « ICI PASSA LA TROUPE DE L'ÉCHANGEUR », aux si belles lettres dessinées à travers la terre et la neige, marquait à présent le lieu final où il avait passé la nuit durant son périple. Et en y pensant, cela l'émouvait beaucoup.

Par delà l'épuisement, les adolescents continuèrent donc de marcher en amont le long de la pente qui les mènerait jusqu'à l'Echangeur. Entre temps, les heures passèrent. La vue du village qui s'éloignait au fil de leur avancée, les encourageait à persister.

Cet après-midi, ils n'avaient même pas fait de sieste. Ils n'en voulaient pas. Certains avaient peur de ne plus avoir le courage de reprendre la route après ce repos. Alors, à la place, ils avaient continué de marcher. Jonas, lui, avait réussi à trouver le signe qu'il espérait des étoiles la veille. Au cours de son chemin, il avait par le plus grand des hasard découvert une magnifique gentiane, perdue dans une bute de neige. Il l'avait ensuite ramassée, et l'avait gardée pour lui. Ses pétales bleutés lui avaient annoncé quelque chose. Ces derniers l'avaient comme « inspiré ». Ils lui avaient évoqué : l'innocence, le mystère, la peur, la joie… L'aventure. Cette splendide fleur lui avait prouvé qu'au fond, ce qui avait vraiment compté durant ce voyage : c'était l'aventure. Que la fin qui l'attendait, n'était en somme que le début d'une autre…

Les garçons virent bientôt un large bâtiment se

dessiner à travers les arbres. Comme une sorte de chalet géant, plus propre et plus clair. Une nouvelle fois, Noah reconnut ce lieu. C'était la maison de retraite. Celle qui côtoyait de près le vieil étang qui les attendait.

Une demie heure plus tard, ils y étaient. Après avoir accompli les derniers pas qui les séparaient de la fin de cette aventure, ils se retrouvèrent nez à nez avec le lieu qui les préoccupait depuis si longtemps. Au beau milieu de cet havre paisible qui, pour l'instant, paraissait si calme.

L'étang se trouvait donc enfin face à eux. Il était gelé, et pas vraiment grand. Autour de lui, de fines herbes givrées le séparaient des garçons. Certains d'entre eux se mirent à pleurer de joie ! D'autres, comme Antoine, gardèrent en tête le fait que leur mission n'était pas finie. Le jeune homme jeta un coup d'œil à sa montre. Il était seize heures. « Une heure d'avance ! » s'écria t-il. A partir de cet instant, tous se mirent à rire nerveusement. Ils étaient heureux. Car si l'on calculait plus précisément, cela voulait dire que c'était la journée où ils avaient le plus marché. Ils avaient de quoi être fiers.

Avant d'entreprendre quoi que ce soit, ils prirent le temps de poser leurs sacs, et de faire un petit tour du domaine. Heureusement, à cette heure-ci, les retraités devaient être occupés à dormir ou à se reposer. Les chances pour que l'un d'entre eux ne les remarque étaient donc faibles. Longeant le point d'eau, ils arrivèrent bientôt à distinguer une légère brillance dans un de ses coins. Ce n'était pas l'éclat du soleil, qui ici était caché par les nuages, mais bien une vive lueur venue du dessous qui reflétait à travers la glace.

A cet instant, les garçons supposèrent par évidence que ce reflet ne pouvait provenir que d'une seule chose : L'Echangeur. Ce dernier devait être enfoui au fin fond de l'étang. Il faudrait donc y plonger pour le trouver.

Après une rapide discussion des quatre voyageurs, ils convinrent de se risquer à aller le chercher. Jonas se désigna lui-même pour y aller. Il savait qu'il était encore le plus en forme pour accomplir une telle tâche.

La fraîcheur inhospitalière des Alpes ne lui donnait pourtant guère envie d'aller se baigner ! Le garçon se dévêtit. Les autres l'aidèrent comme ils purent pour lui éviter d'avoir trop froid. Jonas descendit à moitié nu la rive de l'étang et marcha ensuite précautionneusement sur la glace. Jamais avant, il n'avait ressenti une température aussi rude parcourir son corps. Lui qui détestait le froid, se força donc à affronter ses craintes.

Il traîna ses pieds lourds jusqu'à l'endroit exact où se trouvait la lumière. A partir de ce moment, il dut avoir d'autant plus de courage. Il s'agenouilla par terre. La pellicule d'eau gelée sur laquelle il se trouvait, n'était pas vraiment épaisse. A vrai dire, elle avait été seulement suffisante pour le laisser marcher dessus.

Il donna un premier coup de poing pour tenter de la briser. Elle craqua à peine. Un deuxième ! Elle se fissura. Un troisième ! La fissure s'élargit. Un quatrième ! Elle cassa, mais ce n'était pas encore suffisant. Un cinquième ! Le trou s'agrandit. Un sixième ! Le trou s'agrandit de nouveau. Un septième ! L'ouverture s'élargit. Un huitième ! Il y était presque ! Un neuvième ! Il put enfin avoir la possibilité d'y passer.

En voyant que le moment était venu pour lui de plonger, Jonas regarda rapidement ses amis qui l'observaient avec attention. Il leur adressa un bref signe de la main, et se laissa tomber. Perçant l'eau glacée de son corps, Jonas sentit ses muscles fléchir. Il n'avait pas l'impression d'avoir plongé dans de l'eau, mais plutôt dans une cage remplie d'air glacial, où le froid était tel qu'on ne pouvait rien y sentir. Ouvrant les yeux, le garçon chercha la lueur qu'il avait aperçue de l'extérieur. Après quelques tours sur lui-même, il finit par la retrouver à quelques mètres en dessous lui. De là où il était, il n'en voyait pas grand-chose, mais l'objet semblait petit. Le garçon commença à nager dans sa direction.

Le silence aquatique le fit se concentrer. Il ne pensait même plus à ses amis dehors. Il voyait seulement cette lumière briller et l'attirer en même temps. Mais la douleur le freinait. Il sentait ses membres geler progressivement, et tentait donc sans cesse de les bouger pour leur faire oublier la température glaciale.

Bientôt, il atteignit le fond. Celui-ci était recouvert de sortes d'algues entourées par la vase. Le garçon essaya de ne pas trop s'y frotter. D'ici, il vit quand même quelques poissons s'agiter dans tous les sens. *Je ne voudrais pas être à leur place*, se dit-il, toujours en pensant au froid.

Il battait ses jambes de plus en plus vite, mais il était difficile d'avancer. Lorsqu'il arriva enfin face à l'objet, il ressentit un immense sentiment d'accomplissement. Enfin, il allait le toucher. Il allait le prendre et le ramener. Il allait avoir la possible chance de sauver Thomas.

Il tendit son bras pour l'attraper. Il n'était pas encore assez proche. Dans un effort surhumain, le garçon battit une ultime fois ses bras et ses jambes. Cet élan l'approcha de l'objet. Pour éviter de remonter à la surface aussi près du but, Jonas attacha son poignet gauche à une herbe boueuse. A cet instant, il put enfin voir ce qu'était réellement « l'objet ».

Lorsqu'il se plaça au dessus de lui, la lueur s'estompa. Le garçon cligna des yeux et s'en approcha encore un peu. Il finit par voir précisément ce que c'était. *Quoi ?* Se dit-il. *Non, ce n'est pas vrai !* Jonas découvrit avec stupéfaction que ce qu'il était venu chercher, n'était en vérité qu'un fragment de miroir. Il le toucha, et ne ressentit rien. Il l'approcha de lui, et ne ressentit toujours rien. C'était un simple objet qu'il avait découvert. Certes, cela aurait pu être l'Echangeur. Sauf que le jeune homme sentait le contraire. Il savait lui-même que s'il l'avait été, il se serait passé quelque chose...

Dans le verre de la glace reflétait néanmoins une chose qui elle ne signifiait pas rien. Un jeune garçon s'y trouvait, ou plutôt, son visage. Il avait de tendres cheveux blonds foncés, des yeux verts comme les feuilles d'un chêne, ainsi qu'un visage grand et innocent en même temps. Le garçon avait froid. Le garçon avait peur. Le garçon ne comprenait plus rien. Le garçon, c'était lui. C'était Jonas.

Chapitre 25 :
18 Novembre

« Quand soudain, surgit la fin ! »

On l'aida à sortir de l'eau. Une fine pellicule de glace s'était reformée sur le trou avant qu'il n'en sorte. Le jeune homme s'en vit tout recouvert. Le froid extérieur lui donna envie d'hurler de toutes ses forces. Ce vent glacial qui le fouettait était comme une vague de pics acérés. Il transperçait sa peau et imprégnait son corps humide.

Sam et Antoine, qui étaient venus jusqu'au trou, le soutinrent jusqu'à être sortis de l'étang. Tous lui donnèrent ensuite leurs couvertures, parfois même leur manteaux. Jonas les enroula autour de lui de toutes les manières possibles, mais même avec tout cet accoutrement, il frissonnait toujours.

Assis sur des bancs gelés, les garçons attendirent qu'il se calme pour lui parler de l'Echangeur.

— Ça va mieux maintenant ? lui demanda Antoine.

Il acquiesça en grelottant avec un visage peiné.

— Tu… Tu as trouvé quelque chose ?

En dessous des couvertures et des manteaux, Jonas sortit le pauvre fragment de miroir. Il avait honte de montrer ce déchet à ses amis. Eux l'observèrent puis le dévisagèrent.

— C'était ça la lumière. Je n'ai rien trouvé d'autre, dit-il en le posant près de lui.

Antoine s'en approcha et le prit dans ses mains. Il l'observa avec amertume. Après l'avoir longtemps gardé entre ses paumes, sa mâchoire commença à trembler. Il devint rouge. Il balança l'objet par terre avec rage. Les autres l'observèrent se prendre la tête à deux mains.

— Putain ! cria t-il. Merde ! Merde !

Il continua de jurer sans que personne ne le retienne.

Noah et Sam finirent par comprendre eux aussi. D'abord, ils tournèrent lentement leurs regards vers Jonas, puis le fixèrent avec des mines plus qu'étonnées. Ils restèrent un moment figés avec cet air dérangeant sur leur visage. Jusqu'à ce que leurs traits se plient, et qu'ils commencent à trembler eux aussi.

Jonas, lui, avait un visage rempli de chagrin. Alors qu'il grelottait, il sentit une goûte couler le long de sa joue. Elle était plus chaude que celles qui perlaient son corps. Elle dévala le long de son cou, et vint s'écraser sur sa jambe découverte. Puis, une seconde vint la rejoindre. Jonas commença à pleurer silencieusement.

C'était donc ça, la fin. C'était donc ça la foutue fin qu'il voulait tant connaître ! Le garçon aurait mieux fait de tout avouer dès qu'il avait reçu le message de Thomas. Comme ça, rien de tout cela ne se serait passé ! Il n'aurait pas eu besoin de traîner ses pauvres amis jusqu'ici pour avoir un résultat aussi désolant ! Et puis alors, maintenant, qu'allaient-ils faire ? Attendre ? C'était déjà ce qu'ils faisaient depuis dix minutes…

Les adolescents ne savaient tout simplement plus quoi dire. En même temps, comment fallait-il réagir face à une telle situation, si ce n'était par la rage ? C'était ce qu'avait fait Antoine. Après toute son évolution de caractère, le jeune homme semblait être retombé dans la colère et la dureté. Pourtant cette fois, la colère était bien adressée envers lui-même, et non à l'égard des autres. Ceux-ci le regardaient tous avec des regards emplis de douleur, de désespoir et de déception.

Cela faisait maintenant vingt minutes que les garçons n'avaient plus ouvert leur bouche, et étaient restés près de l'étang pour continuer à noyer leur peine. Jonas s'était rhabillé avec des vêtements chauds, et observait maintenant le fragment de miroir dans ses mains. Il ne ressentait toujours rien en le prenant près de lui. Pourtant, il continuait de fixer son reflet. Celui-ci l'inspirait.

Ça ne peut pas se finir comme ça, se disait-il, *non ça ne le peut pas* ! *C'est impossible* ! Le garçon continuait sans cesse de réfléchir. Thomas ne pouvait rester à jamais au cosmos des défunts ! Il avait besoin de le retrouver, et par-dessous tout, de le ramener. C'était une nécessité absolue ! Il lui avait promis sur parole de le sortir de là.

Alors qu'il rêvait d'une fin meilleure, Jonas se rappela ces mots que prononçait souvent sa mère : « Il ne faut jamais abandonner un travail que l'on a commencé. Même s'il en va qu'il n'aboutisse pas à ce que l'on espérait, il faut le terminer. Car tout travail marque quelque chose... ». Elle avait raison sur toute la ligne.

Au travers de ce calme endeuillé, un son retentit. Il était aigu, et se répéta même plusieurs fois. Les garçons finirent par comprendre d'où il venait. La montre d'Antoine. Le génie désespéré l'observa. *17 heures* lut-il. Il observa ses amis un à un. Tout comme lui, ils avaient des visages remplis d'appréhension.

Soudain, le vent se mit à souffler, bien plus qu'il ne le faisait déjà. Les bourrasques commencèrent alors à s'enchaîner autour des garçons, ébahis devant un tel spectacle. Bientôt, un tourbillon se forma au dessus de l'étang. Il tournoyait à l'horizontale et s'élargissait de plus en plus, de quoi former un épais cercle d'air. Le courant prit bientôt un aspect blanchâtre et commença à dessiner une sorte de… Portail.

Les quatre amis restèrent impressionnés tout au long de la transformation du vent. Avec un tel sifflement, il y avait des risques que le personnel de la maison de retraite soit alerté ! Le souffle battant leurs visages, les garçons se levèrent tout de même, et tentèrent de s'approcher un maximum du trou.

Lorsque, subitement, le vent s'arrêta de siffler. De l'intérieur du tourbillon, jaillit alors une lumière éblouissante. Tellement aveuglante, que les garçons tombèrent à terre. En fermant les yeux, ils entendirent le souffle s'éteindre dans le silence. Ils ne purent ensuite écouter que le léger son du tourbillon face à eux.

En rouvrant leurs paupières, ils virent que le portail était toujours là, la lumière aussi. Mais tout était plus calme. A son entrée, se trouvait un homme à la barbe courte, muni d'une tenue de prêtre. Il souriait et semblait les observer depuis très longtemps.

Lorsqu'ils retrouvèrent leur vision complète, il leur dit gentiment :

— Bonjour les garçons, heureux de faire votre connaissance.

Chapitre 26 :
18 Novembre

*« La vie est un mensonge.
Pourquoi la mort ne le serait pas aussi ? »*

Jonas avait de suite reconnu cette voix. Ça ne pouvait être celle du mystérieux homme qu'il s'imaginait depuis des jours. Elle était sifflante, fragile, douce... L'homme qui se trouvait face eux, était le même qui lui parlait depuis deux semaines.

— Vous... murmura t-il, choqué.

Le garçon n'en croyait pas ses yeux.

— Oui c'est bien moi mon garçon, répondit l'homme.

Jonas ne comprenait plus rien. Qu'est ce que l'Ancien faisait là ? Comment avait-il pu trouver le portail ?

— Que faites vous là ? demanda t-il, les yeux plissés d'incompréhension.

— Je suis venu accomplir quelque chose. Je m'y prépare depuis ...

— Mais, vous m'avez abandonné, ajouta Jonas en se rappelant maintenant sa trahison, sans se soucier des paroles de son interlocuteur. Vous m'avez délaissé au moment où j'avais le plus besoin de vous !

L'Ancien resta silencieux. Il garda un air peiné.

Autour de lui, Jonas voyait les visages

incompréhensifs de ses amis. Eux devaient se poser encore plus de questions que lui à cet instant…

— Je suis désolé mon garçon, répondit le vieil homme. Tu sais, je ne voulais pas… Je ne voulais pas que tout cela arrive. Et je ne veux pas non plus de tout ce qui va arriver...

— Tu connais cet homme Jonas ? demanda Antoine d'un air troublé.

Il ne répondit pas. Jonas était beaucoup trop surpris par les paroles de l'Ancien.

— Je ne comprends rien, dit-il. Qu'est ce qui se passe ? Que va-t-il arriver ?

Au lieu de répondre, l'Ancien dirigea son regard vers le portail. Lorsque l'éclat qui en sortait éblouit son corps, Jonas vit sa silhouette s'éclaircir. Face à la lumière, elle devenait transparente.

De loin, il le vit murmurer des choses. Il semblait parler à quelqu'un. « Tu peux venir… » Finit par entendre le garçon. Mais bon sang, à qui parlait-il ? Après un moment de « discussion » silencieuse, l'Ancien se retourna vers Jonas. Il le fixa d'un air doux et triste en même temps.

— Qu'est ce que vous avez fait ? demanda Jonas sévèrement.

— J'ai appelé quelqu'un que tu connais bien, répondit l'homme avec un sourire sensible.

— Thomas ? s'exclama Jonas, une émotion contrastée dans sa voix. Mais, c'est impossible, vous ne le connaissez pas…

A chaque nouvelle réponse que lui donnait l'Ancien, le jeune homme sentait son esprit de plus en plus troublé. Pourtant, il commençait déjà à se douter de certaines choses...

Des profondeurs de la porte céleste sortit alors une première main. Elle était transparente, mais au fil de son avancée dans le monde des vivants, elle devint plus nette, plus réelle. Jonas vit ensuite apparaître un nouveau bras, puis deux jambes. Enfin, un visage. Des cheveux bruns, un joli nez, deux belles oreilles, des joues creusées, des lèvres pâles, de beaux yeux noisettes, un regard innocent...

Chaque garçon présent sentit sa bouche s'ouvrir et ses yeux s'écarquiller. Tout le monde oublia alors la présence de l'Ancien et se mit à s'exclamer de joie. Le jeune garçon qui était sorti du portail, lui, avait peine à sourire. Pourtant, lorsqu'il entendit son nom et sentit toute cette ferveur autour de lui, il ne put s'empêcher de lâcher quelques larmes d'émotions.

— Thomas ! hurlaient-ils en chœur.

Enfin, il était là, face à eux. Jonas, lui, sentit son cœur s'arrêter de battre. Quelle était cette chose qu'il ressentait ? Ce sentiment si singulier de retrouver la personne à qui l'on tient le plus ? Jonas n'éprouvait pas d'amour pour Thomas à ce moment-ci. Non, c'était quelque chose de très différent.

Malheureusement, les cris de joie se calmèrent bien vite. Le silence revint. Jonas s'approcha de la rive où se trouvait Thomas. Il tremblait. De derrière, ses amis qui ne comprenaient que la moitié des choses, comprirent néanmoins ce qu'il faisait. Le garçon abaissa son regard vers le sol, et déclara d'une profonde tristesse :

— Je... Je... bégaya t-il, je suis désolé Thomas. Je n'ai pas réussi... Je n'ai pas pu...

Il s'arrêta là.

Il avait bien trop honte de lui dire ça. Jonas ferma les yeux et se retint de pleurer. Il venait d'avouer son échec à son ami. Lui garda le silence. Il avait un visage crispé par la gêne et la douleur. Par la peur surtout...

— Ne t'inquiètes pas mon garçon, le rassura l'Ancien. Tu as fait tout ce qu'il fallait.

Jonas releva son visage. Il en avait presque oublié la présence de l'Ancien.

— Que voulez vous dire ? demanda t-il, intrigué.

L'Ancien l'observa d'un air fier.

— Jonas, dit-il d'une voix douce et maligne, tu es l'Echangeur.

Le garçon sursauta. Il sentit ses yeux ne plus pouvoir se fermer. Ses bras ne plus s'articuler. Son cœur s'arrêter de battre. *Quoi ?* se dit-il intérieurement. *Non, c'est faux... c'est impossible... ça ne peut pas être un humain !* Il ne pouvait y croire. *« Pourquoi pas ? »* entendit-il subitement dans sa tête. L'Ancien lui répondait par la pensée. *« Tout comme une fleur, l'humain aurait juste quelque chose de plus... »*. Il scruta le vieil homme d'un air pauvre. Se disant que c'était impossible, et en même temps...

— Mais Thomas m'avait bien dit que l'Echangeur était un artefact ; un objet, dit-il. Pas autre chose !

— Sauf que ce n'était pas Thomas à ce moment là. C'était moi.

Jonas ainsi que ses compagnons sentirent subitement leurs corps tressaillir. *Non...* le garçon n'en revenait pas. C'est à ce moment qu'il comprit. Il sut que ces révélations n'étaient que le début d'une longue série d'autres. Il assimila enfin toutes les informations, et réussi à démêler le vrai du faux. « Depuis le début, tout n'était que mensonge »… se rappela t-il. Oui, il avait enfin découvert qui était le véritable menteur dans cette histoire.

— Vous ! s'écria t-il, suffoqué.

Le vieil homme prit un air triste.

— Oui, ça y est, je me souviens de vous ! s'exclama également Noah, ce qui attira le regard de Jonas. C'était vous l'homme bizarre dans les champs cet été, pas vrai ?

Jonas retourna son regard vers l'Ancien. En l'observant bien, il vit en effet que le vieil homme avait bien deux iris noirs, ainsi qu'une peau plus que pâle. Il le fixa alors d'un air dur. L'accusé lui avait un visage crispé par la gêne, et n'arrivait pas à répondre.

— C'est vous ? C'est vous qui avait volé son âme ? demanda t-il d'une voix rageante.

Il pointa son index vers Thomas. Lui avait déjà commencé à pleurer.

Aucun mot ne parvint à sortir de la bouche du vieil homme. Il était crispé par la douleur. Pourtant, Jonas savait ce que signifiait chacune de ces réponses muettes. Il avait raison sur toute la ligne. Et l'Ancien en avait honte.

— Dites moi, continua le garçon la voix pleine de chagrin, si c'est vous qui avez fait tout cela, qui était l'autre homme qui vous ressemblait tant ? Celui qui vous a poussé de la falaise. L'homme que j'ai cru être le coupable tout ce temps.

L'Ancien dirigea ses pupilles tristes vers Jonas. Puis se força à répondre :

— C'était un autre… commença t-il.

Un autre quoi ? se demanda Jonas.

— Un autre Echangeur, compléta l'Ancien. Et j'en

suis un moi aussi. Tu n'es pas seul Jonas. Notre lignée dure depuis des siècles.

Jonas s'attendait évidemment à subir de multiples révélations, mais celle-là, il ne s'y attendait vraiment pas.

— Tu ne t'es jamais demandé pourquoi tu avais développé tous ces dons ? poursuivit l'Ancien. Pourquoi toi et pas un autre ? Ce n'est pas une simple coïncidence mon garçon. Je les ai moi-même eu par le passé. Chaque membre du Cycle les a eu.

Un cycle ? Quel cycle ?

— Mais aujourd'hui, adjoint le vieil homme, il est temps qu'il se termine. L'heure est venue que le Cycle s'achève. C'est pour ça que je suis venu te voir. C'est pour ça qu'il s'est passé toutes ces choses...

Que signifiait tout ceci ?

— Quoi ? s'interrogea Jonas. Qu'allez vous faire ? Que va-t-il se passer ? Répondez moi !

— Du calme mon garçon, du calme. Avant tout, laisse moi t'expliquer. Tu mérites de savoir pourquoi j'ai fait tout ça. Tu mérites de connaître la vérité.

Jonas qui se remettait encore en question, garda le silence. Il retint son regard dur sur l'Ancien, tout en réfléchissant.

Il commençait peu à peu à comprendre ce que tout cela signifiait. Si c'était vraiment lui l'Echangeur, il devrait obligatoirement... Non il préféra ne pas y penser pour l'instant. Finalement, il observa Thomas. Le témoin de toutes ces révélations connaissait déjà la vérité. Il était au courant de tout ce qui allait se passer, et avait même essayé de l'en avertir. Mais le jeune homme n'en avait encore fait qu'à sa tête. Il avait ressenti le besoin obsédant d'aller au bout de sa mission, de le sauver. Comme si Thomas était son protégé. A présent, il allait devoir subir les conséquences de ses actes…

— Mon garçon, lui dit l'Ancien, te souviens-tu de la fois où je t'ai raconté le récit de ma mort ?

Jonas sentit une fois de plus les garçons de derrière s'interroger. Durant le court silence qui avait précédé cette phrase, ils n'avaient pas cessé de le regarder, pour essayer de comprendre. Leur avait-il menti ? Ne leur avait-il pas fait confiance volontairement ? Ou avait-il été forcé ?

Le garçon acquiesça lourdement.

— Eh bien tu le vois maintenant, je ne le suis pas vraiment, lui avoua le vieil homme avec néanmoins un air plus que pessimiste sur son visage. Je ne suis pas complètement éteint Jonas. Tout, comme ton ami ici, j'ai été envoyé au cosmos des défunts contre mon gré. L'homme, que tu as cru être le coupable, m'avait échangé contre son âme, et m'avait laissé pour mort. Mais ça, c'était jusqu'à ce que tu arrives…

Jonas semblait déjà savoir ce que l'Ancien allait dire ensuite. Pourtant, il frissonna quand même.

— Quelques jours avant la date du dix huit juillet, je t'avais déjà repéré. J'avais senti ta présence, parce que c'est à ce moment que tes pouvoirs ont vraiment commencé à se réveiller.

Jonas se rappelait encore de la première manifestation de ses dons. C'était avec la fausse herbe brûlée. Elle lui avait indiqué qu'un évènement maudit s'était déroulé à l'endroit où il était.

— Au bout de plus d'un siècle d'enfermement au

cosmos des défunts, à localiser le prochain portail pour revenir dans mon vrai monde quelques instants, ou à faire je ne sais quoi d'autre, j'avais donc enfin retrouvé l'espoir. Après toutes ces années de souffrance, j'avais enfin découvert le prochain Echangeur…

— Et vous comptez me faire la même chose, c'est cela ? rétorqua le garçon d'un ton frêle et sûr en même temps. Comme le précédent Echangeur, vous allez m'échanger contre votre âme parce que je suis le seul à pouvoir le faire.

L'Ancien se tut. Il ne s'attendait pas à ce que Jonas comprenne aussi vite ses véritables intentions.

En effet, le garçon avait déjà tout compris. Assez rapidement, après les paroles de l'Ancien, il avait accepté ce dont il se doutait. A présent, il avait même l'impression de l'avoir su depuis le début…

— Si c'est moi que vous vouliez, pourquoi ne pas m'avoir directement attiré le dix-huit juillet. Pourquoi l'avoir kidnappé lui, si c'est moi que vous recherchiez ? dit-il en regardant Thomas.

Le garçon parlait à présent d'une voix dure. On ne distinguait plus aucune émotion dans son timbre. Seulement du sérieux, et aucune souplesse.

— Mon garçon, répondit le vieil homme d'une voix fragile, tu ne sais pas ce que représente la solitude là-bas. C'est quelque chose de très difficile à supporter. Je ne voulais pas te l'infliger. Pas à toi.

— Vous dites ça parce que vous n'avez jamais su être proche des autres ! Avoir de l'affection pour autrui, vous ne savez pas ce que c'est.

— Ah, tu crois ça ! s'énerva l'Ancien.

C'était la première fois que Jonas ressentait ce

sentiment dans la voix du vieil homme. C'était de la colère. L'adolescent prit un air interrogateur.

— Tu ne peux pas savoir ce que j'ai enduré mon garçon. Tu ne peux pas savoir si j'ai eu la chance d'aimer ou non. Non, tu ne peux pas le savoir…

— Peut-être, mais maintenant, je sais ce que vous m'avez fait. Vous m'avez manipulé ! Vous m'avez menti sur toute la ligne ! Sur votre propre mort !

L'Ancien fixa Jonas d'un air dur.

— Oh non, sur ça, je n'ai pas fait que te mentir, répliqua-t-il. Quand notre prédécesseur m'a poussé à travers le portail menant au cosmos des défunts, j'ai vraiment ressenti un abandon. J'ai vraiment ressenti un mépris, un oubli, une faille. J'ai vu le seul monde que je connaissais s'en aller sous mes yeux. Je me suis vu mourir…

En dépit de ces paroles touchantes, Jonas garda un regard impassible. Il ne pardonnait toujours rien à l'Ancien.

— Mais aujourd'hui, vous voulez commettre la même erreur, et faire la même chose avec moi. Tout ça pour retrouver le monde que vous aimiez tant. Mais ce monde, ce sont des ordures comme vous qui le pourrissent !

— Non, tu te trompes Jonas, rétorqua l'Ancien d'une voix de plus en plus éreintée. Le monde d'avant, je ne l'ai jamais aimé ! Ce n'est pas moi qui l'ai pourri. C'est lui qui m'a pourri moi…

— Cela ne retire pas le fait que vous m'avez menti ! Et qu'aujourd'hui, c'est vous l'ordure.

L'Ancien ne put répondre à cela. Il était trop blessé. Il avait l'air malheureux. Oh, oui cela se voyait. Le cœur du vieil homme devait être empli de chagrin. Pourri par la misère. Pourri par la déception.

— Tu... Tu ne sais pas ce que j'ai vécu, murmura t-il à la limite des pleurs.

Jonas, ainsi que tous les autres enfants, observaient ce pauvre homme se lamenter avec des regards droits et fixes.

— La société dans laquelle j'ai passé ma vie... Les gens qui la composaient... Ceux qui m'ont élevé... C'est de leurs fautes à eux. Pas la mienne...

Soudain, lorsqu'il aperçut une larme couler doucement sur la joue de l'Ancien, le jeune homme changea de regard. Il attendrit ses traits plissés, tout en demeurant circonspect.

— Ceux qui m'ont éduqué à cette époque, étaient pour moi les pires êtres jamais nés, continua-t-il avec haine et tristesse en même temps. A cause de leurs traditions, de leur politique, et de leur morale, ils ne m'ont jamais laissé devenir qui je voulais être ! A cause d'eux, toute ma vie, j'ai été condamné à exercer un métier dont je ne voulais pas, dans un lieu que je n'aimais pas, et au milieu de gens que je haïssais par-dessus tout !

Tous écoutaient à présent le vieil homme avec attention. Leurs pupilles d'adolescents observaient avec pauvreté son vieux visage calamiteux.

— Ils ne m'ont jamais fait confiance ! Pour eux, seul leur intérêt comptait. Avec cela, ils ne m'ont jamais laissé avoir d'amis ! Ni trouver l'amour... Alors tu vois, dit-il en regardant Jonas, toutes ces choses que je t'ai racontées là-dessus, moi-même je ne les ai pas connues. Je n'ai jamais pu comprendre ce qu'était la vie. Ce n'était que des suppositions... A vrai dire non, se reprit-il, c'était ma vision du monde. Le monde tel que je l'espérais. Un endroit où la confiance et la liberté étaient communes à tout instant. Où les rêves pouvaient devenir réalité. Où l'amitié était stable comme la terre, et l'amour libre comme l'air. Le monde que j'ai essayé de te montrer Jonas. Le monde, qui peut-être, existera un jour...

Pour la première fois depuis tout à l'heure, Jonas sentit l'émotion décrite par le vieil homme. Il ressentit toute sa tristesse, et eut lui-même envie de verser quelques larmes.

Après un court silence, le héros reprit ses esprits, et répéta très doucement :

— Mais vous m'avez quand même menti...

Il s'était forcé à le redire. C'était plus fort que lui. Même s'il savait pertinemment que le vieil homme ne méritait pas cela, lui s'y sentait obligé.

L'Ancien l'ignora. Il garda le silence lui aussi. Une, deux puis bientôt trois minutes se passèrent dans le calme le plus total. Du regret. Voilà ce qui pouvait se lire sur le visage de chacun. Tout le monde ici regrettait plus ou moins quelque chose. Cette histoire était tragique. Comment la vie d'un seul homme, brisée, ratée, fichue, avait-elle pu engendrer autant de souffrance ? C'était peut-être parce que ce n'était seulement pas la faute de cet homme...

— Mon garçon, lui dit-il après s'être calmé, tous ceux qui nous ont précédés étaient soit des manipulateurs, soit des lâches, sache-le. Et crois moi, je suis triste d'en faire parti... C'est pour ça que le Cycle ne s'est jamais terminé. A travers les époques, la cupidité des hommes a toujours triomphé, et le courage été délaissé. L'égoïsme a toujours été prépondérant chez l'humain, c'est une évidence. Mais ce n'est pas à moi, pauvre raté, de changer ça. Je le sais. Je ne peux rien faire face à une chose aussi maudite… Tellement maudite, qu'aujourd'hui on l'appelle : « Le Cycle des Echangeurs ».

C'est donc ça ce fameux cycle !

Jonas avait donc enfin compris la vérité. Effectivement, celui qui était le vrai coupable dans cette histoire n'était pas l'Ancien. C'était l'Homme. Pas un seul. Tous. Car à travers les siècles, il n'avait jamais évolué. Comme l'Ancien venait de le dire si justement, l'Homme n'avait fait preuve que d'une seule chose : de la cupidité. Et ce n'était certainement pas un pauvre prêtre déchu, qui en était la cause. Au final, il était peut-être même le plus noble de tous ces hommes cupides…

— Mais avec toi Jonas, continua t-il, j'ai senti quelque chose de différent. Au cosmos des défunts, je sais déjà que tu exerceras un don unique dont nul autre avant toi n'aura réussi à user. Alors, oui mon garçon, ce « dernier pouvoir » dont je t'ai parlé, ce n'est pas ici que tu devras l'exercer. C'est là-bas…

Pendant qu'il lui parlait de tout cela, Jonas réfléchissait. Qu'allait-il faire ? Plusieurs options s'offraient à lui. Mais toutes étaient pourvues de malheurs. Il n'y en avait pas de bonne. Juste des plus équitables.

Au fond de lui, le garçon était ailleurs. Il ne savait plus vraiment où s'en tenir. Il lui était arrivé tellement de choses ces derniers temps. C'était difficile pour lui d'accepter tout cela… A présent, il se rendait compte que cette histoire était bien différente de celle qu'il s'imaginait. Que son dénouement allait être bien plus compliqué à déterminer...

Ce fut l'émotion qui le ramena finalement à la réalité. Après tous ces discours, toutes ces explications, toutes ces histoires funestes, il n'y avait plus qu'une seule chose à faire : un choix. A ses côtés, il entendait les soufflements angoissés de ses amis. Eux devaient être sur le point de faire une crise cardiaque. Ils n'avaient d'abord rien compris, puis dans une logique évidente, ils avaient fini par prendre peur. Le principal était bien rentré dans leur tête : Jonas se devait de choisir la fin.

Pour sa part, l'Ancien pleurait à chaudes larmes mais demeurait silencieux. A force d'attendre une décision, il ne put finalement se retenir de crier son envie :

— Mon garçon, je t'en prie, dit-il, déchaîné, il faut que tu finisses ce cycle une bonne fois pour toute ! Moi, je n'ai plus la force, plus le courage de continuer ! J'ai besoin que tu prennes ma place. J'ai besoin de voir le monde d'une nouvelle façon. De redécouvrir un endroit meilleur. J'ai besoin de me reposer avec la vie... Alors exauce mon souhait, je t'en supplie. Laisse moi seulement le repos que j'ai mérité...

Jonas sentit ses yeux s'humidifier. Ces paroles étaient si sensibles, si touchantes. En dépit de tout ce qu'il lui avait fait, Jonas finit par avoir de la pitié pour ce pauvre homme.

Il observa alors chacune des personnes qui l'entouraient. D'abord, ces trois amis de derrière. Ils commençaient à pleurer, et cela émut Jonas. Ils ne voulaient pas qu'il s'en aille, c'était certain. Ensuite, il redirigea ses yeux vers l'Ancien. Le visage de ce pauvre homme l'émut également. Lui n'avait jamais connu ne serait-ce qu'un beau morceau de ce monde. Il avait été dirigé par ses tuteurs d'une main de fer, et avait toujours été rejeté par la société, jusqu'à ce que vienne sa prétendue mort... Enfin, il fixa Thomas. Lui le regardait. Il était triste, mais Jonas savait ce qu'il voulait. Il voulait rester. Il ne voulait pas qu'il le sauve, et prenne la place de l'homme qu'il considérait comme un monstre. Maintenant qu'il avait compris les véritables intentions de son kidnappeur, son « Sauve-moi » si lointain, ne signifiait plus rien...

C'est à cet instant, sous le souffle du vent, à travers le froid de la montagne, et au milieu de tout ce chaos, que Jonas sut ce qu'il devait faire. En à peine quelques secondes, il venait de prendre une décision qui changerait à jamais l'avenir du monde.

Chapitre 27 :
18 Novembre

« Une aventure s'achève.
Une autre commence... »

« Le Pouvoir du destin est toujours le plus fort. Le Pouvoir du destin est toujours le plus fort. Le Pouvoir du destin est toujours le plus fort... »

L'Ancien n'avait de cesse de répéter cette phrase les yeux fermés. Il prononçait ces mots d'un ton neutre et impartial. Car tel est le destin : « impartial ». Il lui laissait son sort entre les mains. Désormais, il ne pensait plus. Le temps de la réflexion était fini pour lui. A présent, il confiait son sort à celui qui, à cet instant, et pour la première et dernière fois de sa vie, était le maître du destin…

Jonas entendait tout le monde pleurer autour de lui. Au milieu des sapins, du vent et des montagnes, il y avait des sanglots. Des larmes qui coulaient et perlaient le sol. Des goûtes sensibles qui imprégnaient la neige.

Juste avant qu'il n'agisse, il vit Thomas lui adresser un bref sourire pour le rassurer. Lui dire que tout allait bien se passer, et qu'il n'avait pas de souci à se faire. Mais le garçon savait déjà ce qu'il devait accomplir. Il l'avait décidé bien assez vite.

Durant un moment, il leva les yeux au ciel, en

souriant. Ce n'était pas un sourire comme on avait l'habitude de voir. Celui-ci avait quelque chose de différent. Une étonnante sensibilité semblait s'en dégager.

Jonas réfléchissait, une dernière fois. Il songeait aux signes et aux preuves. Aux énigmatiques phrases de l'Ancien (et à toutes ses promesses non tenues), jusqu'à la moindre petite chose qui lui aurait indiqué ces multiples révélations. Il repensa notamment au morceau de miroir. Un objet sans doute tombé accidentellement entre ses mains, et qui pourtant avait fait office d'un nouvel indice. Comme quoi, le destin fait bien les choses...

Toujours au cours du même instant, une nouvelle goûte chaude coula le long du visage de l'enfant. Cela allait également être la dernière. Après, il n'y aurait plus de pleurs, plus de tristesse. Après tout cela, plus rien ne serait jamais comme avant.

Il abaissa enfin son regard devant lui, prit sa respiration un bon coup, son courage à deux mains... et avança d'abord un pied. Puis un second. Bientôt, il commença à marcher lentement en direction de l'Ancien et Thomas. Tous le regardaient avec des mines incompréhensives et angoissées.

— Jonas ? l'appela timidement Sam. Qu'est-ce que tu fais ?

Ce dernier se tourna vers lui, et sourit. Cette fois c'était un sourire plein d'espoir. Pourtant, Sam s'en vit d'autant plus troublé.

Pendant que tout le monde continuait de regarder Jonas avec interrogation, Noah, lui, comprit ce qu'il faisait.

— Non, chuchota t-il sans que personne ne l'entende. Non, s'il te plaît, non…

Le blessé voulut courir vers lui mais faillit tomber à terre. Heureusement, Antoine le rattrapa juste à temps.

— Il va se sacrifier ! s'écria t-il avec tristesse en se relevant

Sam et Antoine sentirent leurs battements de cœur s'accélérer.

Jonas, lui, ne se détourna pas. Il continua d'avancer. Il entendit plusieurs murmures derrière lui, mais se força à rester droit.

Lorsqu'il arriva près de l'Ancien, le garçon fixa le vieil homme d'un air incertain. Lui le regardait avec chagrin et tendresse en même temps. Il vit ensuite Thomas tendre sa main vers lui, comme pour le retenir. « Ne fais pas ça… » lui dit-il. Une nouvelle fois, Jonas ne l'écouta pas.

Il regarda par terre. Il entendait de nombreuses protestations autour de lui. Ses trois amis de derrière semblaient se retenir mutuellement pour ne pas l'empêcher de faire ce qu'il voulait. Pourtant, aucun ne voulait qu'il fasse quoique ce soit... Le prisonnier, lui, était figé. Il n'arrivait plus à bouger, tellement il était anéanti par l'acte que Jonas s'apprêtait à réaliser. Ou du moins, par l'acte qu'il s'imaginait…

Enfin, Jonas déclara les quelques mots qui signèrent la fin. Il releva sa tête, le visage sérieux, et dit :

— Je vous promets de faire ce que vous avez toujours voulu. Je veillerai sur les morts, car telle est ma destinée.

— Non ! hurla Noah.

— Non, adjoint Thomas en pleurant.

— Jonas s'il te plaît ne fais pas ça ! s'écria Sam.

Le nouvel Echangeur ne bougea toujours pas. Néanmoins, il ajouta d'une voix terrorisante :
— Vous aurez donc votre repos... Mais celui que vous espérez... la vie ne peut plus vous l'offrir.
Le visage de l'Ancien se raidit.
En un millième de seconde, Jonas dégaina le couteau jumelé de sa poche arrière, et le planta d'un coup sec dans le ventre du vieil homme.
Chaque enfant présent poussa un cri de choc. Personne ne s'y attendait. Qui aurait pu prévoir une telle chose ? Qui aurait pu prévoir, que Jonas allait vouloir punir l'Ancien de cette façon ? Le garçon ne put se retenir de pleurer. Il venait d'assassiner un être qu'il avait apprécié. Mais d'un autre côté, il ne lui avait pas laissé le choix...
Le vieil homme se plia d'abord en deux, puis se tordit sur lui-même. Jonas l'aida doucement à s'allonger par terre, et le coucha ensuite d'une façon qui lui parut la plus agréable.
Au début, l'Ancien garda longtemps le silence. Tout comme tout le monde ici, il ne s'y attendait pas. Il observa le garçon qui pleurait en face de lui. Celui-ci vit le sang dégouliner de la bouche du prêtre, jusqu'à ce qu'il ne vienne dessiner de tendres formes rouges sur la neige pâle.
Après ce moment de silence, l'Ancien ferma la bouche, effaça l'air choqué de son visage, et adressa un sourire fragile à Jonas. Il tenta également d'hocher la tête. « *Tu as bien fait...* » lui dit-il par la pensée. « *Tu auras eu bien plus de sagesse que moi mon garçon, c'est certain. A présent, je vais repartir, sous une autre forme, sans doute meilleure...* ». Par dessus ses larmes,

Jonas sourit. Il s'assit ensuite convenablement auprès de son interlocuteur.

A ses côtés, il sentit les regards tristes de ses amis. Eux avaient cessé de s'écrier ou de protester. Maintenant, ils ne pouvaient plus faire grand-chose, mise à part respecter les dernières minutes d'un homme qui semblait s'être beaucoup attaché à leur compagnon.

— Mon garçon… ajouta le vieil homme d'une voix très faible. Sache que… j'ai adoré rêver d'un monde meilleur à tes côtés. Ces quinze derniers jours ont sans doute pour moi été les meilleurs de toute mon existence.

Sous le coup de l'émotion, Jonas se remit à sangloter bruyamment. Il ne voulait pas pleurer devant l'Ancien. Pas comme cela ! Mais dans certaines circonstances, ne dit-on pas que toutes les larmes ne sont pas un mal ?

Alors qu'il voyait les paupières de l'Ancien se fermer sous ses propres yeux, le garçon entendit une ultime fois, au plus profond de son esprit, ce qui fut les dernières paroles de son conseiller :

— *Je te promets de t'aider dans ta nouvelle aventure Jonas,* lui dit-il, *Jamais tu ne seras seul là-bas, car moi je serai toujours là pour toi. Ainsi, nous briserons le Cycle ensemble. Parce que c'est aussi ma mission. Alors, à partir de ce jour mon garçon, je jure de te porter tout mon soutien. Je peux t'assurer, que je n'ai jamais été plus sincère de toute ma vie…*

Tout cet amour que lui portait soudainement l'Ancien, fit frémir Jonas.

— *Et moi, je promets de veiller sur vous, comme sur tous les autres…*

Bientôt, le vieil homme mourut. Ainsi, il était enfin délivré de ce statut qu'il haïssait tant. Ce n'était pas vraiment la fin qu'il espérait, mais à présent, il semblait avoir compris que c'était la décision la plus sage. Ce rôle d'Echangeur ne lui avait jamais convenu, c'était certain. De plus, la solitude ne l'avait pas aidé. Mais désormais, tout allait mieux se passer.

Jonas resta longtemps près du cadavre de l'Ancien. Le chant de la nature environnante berça son envol pour un nouveau monde. Pour une nouvelle place, au sein du cosmos des défunts.

Après quelques minutes de silence, le jeune homme se tourna vers ses trois amis, et leur dit :

— Promettez-moi de l'enterrer.

Tous tremblants, les garçons ne surent que répondre. Jonas sut pourtant qu'ils le feraient.

Ensuite, il regarda Thomas. Lui frissonnait encore plus que les autres. Le visage crispé, il vit Jonas lui adresser un joli air amusé. Presque euphorique. C'est à cet instant que Thomas comprit. Si Jonas avait tué l'Ancien, c'était avant tout pour lui. Pour lui laisser la vie. Deux âmes devaient retourner au cosmos des défunts, c'était une nécessité. Une était déjà repartie, soulagée. Mais maintenant, une deuxième allait devoir la rejoindre. Et pour cela, un échange d'âme devait avoir lieu. Celui qui était destiné à veiller sur les morts, l'Echangeur, allait maintenant devoir prendre la place du prisonnier.

Jonas courut vers lui. Il le prit dans ses bras et le serra de toutes ses forces. Enfin, il pouvait sentir cette chaleur, ce lien. Cette chose si forte qui unit deux personnes. Cette chose si importante qui devrait réunir chaque être humain. Cette chose que certains appelaient « l'amour ». Ou bien encore : l'amitié, l'affection, l'attachement, le soutien... Il y avait tellement de noms pour la décrire cette chose. Dans tous les cas, c'était le genre de sentiments très précieux ! Ceux que l'on recherche parfois longtemps, mais qu'on finit toujours par trouver. L'action d'aimer est peut-être différente pour chacun d'entre nous, mais le mot, lui, se lit toujours dans nos cœurs.

Bientôt les deux garçons se regardèrent, tel un écho de leurs moments d'antan. Ils sourirent tous deux, avec des larmes toujours ruisselantes pour Thomas. Que c'était bon de se retrouver pour de vrai ! Dommage, que ce ne soit que pour quelques instants...

Les deux adolescents s'agenouillèrent sur la neige, leurs bras toujours autour d'eux.

— Pourquoi Jonas ? Pourquoi... lui demanda Thomas, un profond chagrin dans sa voix.

L'Echangeur comprit de quoi il parlait.

— Je n'ai pas le choix, lui répondit-il calmement, c'est quelque chose que je dois faire. Je l'ai toujours su. Mais ce n'est que maintenant que je le comprends enfin...

— Mais moi je ne veux pas que tu partes ! répliqua Thomas en se serrant contre son pull.

— Et moi, je ne veux pas que tu y retournes. Thomas, nous avons tous un destin différent. Toi, ta vraie place est ici, dans ce monde. Tu as encore tant de choses à y faire. Tant de choses à y prouver !

A quelques mètres d'eux, Sam, Noah, ainsi qu'Antoine se serraient aussi entre eux. Ils se consolaient du départ prochain de leur ami. Pour eux, c'était cela la véritable péripétie. Perdre un être cher, est une épreuve bien plus ardue à traverser que n'importe quelle autre.

Tête contre tête, cheveux blonds contre cheveux bruns, iris verte face à iris noisette, sourires d'adieux aux lèvres. C'est ainsi que les deux garçons purent se dirent au revoir, dans un moment empli de silence et d'émotions. Finalement, on ne sut si c'était de l'amour ou de l'amitié qui les unissait à cet instant. Dans tous les cas, c'était quelque chose de très puissant. Quelque chose qui les unirait pour l'éternité…

Il était bientôt dix-huit heures. L'heure écoulée, le portail se refermerait. Une deuxième âme devrait repartir pour le cosmos des défunts. Le destin de Jonas allait donc s'exécuter. Il avait prit une décision sans vraiment la prendre, mais au moins, il se sentait prêt. Il acceptait sa destinée et savait que l'histoire ne faisait que commencer pour lui. A présent, une nouvelle porte s'ouvrait. Un nouveau monde, pas forcément mauvais. Juste différent.

Paradoxalement, Jonas se sentait enfin vivant. Quatre mois de malheur lui avaient permis de méditer. Il avait compris que le mal sur cette terre pouvait engendrer des choses terribles, et qu'il fallait à tous prix l'empêcher de se propager. Il nous ronge, nous tourmente, nous fait souffrir… C'est une chose qu'on peut rarement surmonter avec facilité. Le garçon s'était donné corps et âme pour revoir Thomas. Il avait traversé la période la plus difficile de toute sa vie, puis avait ensuite parcouru la France pour le retrouver. Cela avait été très difficile, mais au moins maintenant, il était là. Et la récompense du voyage, il l'avait déjà reçue. Il ne se préoccupait même plus des sentiments qu'il semblait avoir eu pour son ami. Il avait seulement accompli sa mission. Il avait réussi à revoir un être disparu, et maintenant, il allait le ramener parmi les vivants. Ce n'était pas une chose donnée à tout le monde…

« *Bip ! Bip !* », fit une nouvelle fois la montre d'Antoine. Ça y est. Il était temps. Derrière eux, les deux adolescents agenouillés virent le portail commencer à tourner sur lui-même. Puis, une puissante lumière en sortit. La porte céleste commença doucement à attirer Jonas vers elle.

L'Echangeur adressa un sourire confiant à Thomas, ainsi qu'un regard doux. En guise de réponse, celui-ci répondit par des lèvres crispées et des yeux faisant jaillir toujours plus de larmes. Jonas rampa ensuite jusqu'au portail, et se prépara à partir. Il écouta le vent souffler au dessus de lui, et observa une dernière fois…le Monde. Ces sapins recouverts de neige, cet étang gelé, ces brins d'herbe blanche, ce ciel nuageux, ces montagnes si lointaines…

Le jeune homme partit donc ainsi. Avec l'odeur de la terre dans ses narines, le son du vent dans ses oreilles, la belle vue de ses amis à travers ses pupilles, et le goût de la vie qui s'en allait, en lui laissant un sentiment de douceur.

Finalement, Jonas quitta ce monde grandi. Grandi par cette aventure, au cours de laquelle il avait appris tant de choses. Une amitié qui de part la confiance retrouvée, s'était accrue. Des secrets qui grâce à l'amitié, avaient été rompus. Des amours qui au-delà des complexes, avaient été avoués. Une nature qui avec le courage de l'affronter, avait été une révélation elle aussi.

Thomas l'observa s'en aller. « Je t'aime, lui dit Jonas en s'envolant pour le cosmos des défunts ». Thomas lui sourit pendant qu'il partait, les larmes aux yeux. Peut-être qu'il l'avait pris comme un « je t'aime » amical. Mais après tout, peut-être que c'était aussi ce que Jonas voulait. Peut-être que finalement, c'était la trace d'un ami qu'il voulait lui laisser. Le principal, c'était qu'il lui ait dit avant de partir, ce « je t'aime »…

Alors qu'un puissant vortex avait déjà commencé à le saisir, Jonas se sentit subitement aspirer à travers le portail. Ce fut un passage digne d'un manège à sensation ! Pourtant, le garçon se sentit toute suite bien. Comme si, depuis sa naissance, il avait été préparé à vivre cet instant unique avec autant de délice. Derrière lui, à travers l'espace et le temps, comme venu de l'endroit qu'il avait quitté, il lui sembla aussi entendre une musique. Mais peut-être n'était-ce que l'écho…

Au cœur des Alpes, les quatre garçons virent le portail disparaître, Jonas avec lui. Il laissa seulement, pour marquer son passage, une large trace noire sur l'herbe glacée.

A partir de cet instant, tout changea. Un silence pesant s'établit. L'immobilité gagna l'ensemble du groupe. Les pleurs s'éteignirent. Les larmes cessèrent de couler. Chacun baissa alors sa tête vers le sol. Le temps de la digestion était venu. Le temps d'une nouvelle vie…

Relevant son visage triste, Thomas le vit, une dernière fois. Il semblait être le seul à pouvoir le voir. Le fantôme de Jonas se trouvait toujours accroupi face à lui. Il lui souriait. Cependant, le garçon cligna des yeux, et la dernière image qu'il eut de son ami, disparue. Il tomba alors dans un profond sommeil…

En vérité, Il avait seulement eu le temps d'entendre ces derniers mots : « *Je resterai à jamais avec toi.* ».

Chapitre 28 :
Juillet, l'année d'après

*« Le calme ne part jamais bien loin.
Tout comme la sérénité revient toujours à point. »*

La petite ville toute entière resplendissait sous le soleil de l'été. Ses champs, ses chênes et même son vieux parc étaient recouverts de lumière. Seules les quelques ombres assombrissaient le paysage.

Les adolescents qui jouaient au basket faisaient toujours office de formes obscures au milieu de cette splendeur estivale. Tels de virevoltants danseurs qui couraient à travers un grand rectangle mi-gris mi-jaune. Ou telles des âmes innocentes, qui s'amusaient, au centre d'une saison chantante !

C'était une scène qui rappelait une époque oubliée. Le ballon virait de mains en mains. Les courses, les bruits de pas, les esquives et les tirs s'enchaînaient. Les râlements, les cris et les éclats de rire se répétaient. C'était un doux moment, où se mêlaient bon nombre de sons, que l'on croyait perdus depuis l'année passée. Aujourd'hui, ce n'était plus pareil. Maintenant, tout avait changé...

Nous étions précisément le dix-huit juillet, date qui faisait toujours froid dans le dos à beaucoup d'habitants du pays. C'était un jour chaud, comme celui où tout avait commencé. Les adolescents étaient torses nus et l'on voyait la sueur couler le long de leurs dos. Aussi, il n'y avait pas la moindre brise. Ou du moins, pas pour l'instant…

Ainsi, Thomas, Antoine, Sam et Noah avaient repris le cours de leur vie. Ils avaient recommencé à vivre, comme au bon vieux temps, mais ils n'étaient pas encore remis. Car, huit mois plus tôt, ils avaient perdu un ami. Quelqu'un dont ils se rappelleraient toute leur vie. Quelqu'un, qui encore aujourd'hui, était porté disparu. Mais qui, cette fois, n'aurait aucune chance d'être retrouvé…

Ce qui s'était passé, le dix-huit novembre, avait été bien trop rapide pour les garçons. En à peine une heure, leur ami, Jonas, avait appris que sa place n'était pas dans ce monde. Qu'il devait le quitter, pour accomplir sa destinée… Après son départ, chaque garçon était tombé dans un profond sommeil, épuisés par la douleur qu'ils partageaient tous. On les avait ensuite retrouvés, frigorifiés. On les avait soignés. Enfin, ils avaient pu se reposer.

Par la suite, était venu le temps des explications. Thomas avait été le principal interrogé. Il ne se rappelait plus nettement ce qu'il avait répondu aux agents. Il avait dû inventer une histoire saugrenue dans laquelle : il aurait été enfermé là-bas depuis plusieurs mois, avec peu de nourriture, jusqu'à ce que ses amis réussissent à le retrouver, et que l'un d'eux ne décide subitement de partir pour une raison « inconnue ». Le policier avait « paru » gober son récit, et s'était empressé de demander à ce qu'on organise des recherches. Ainsi, une nouvelle enquête inutile avait débuté…

La seule chose que Thomas avait demandé en retour était que l'on enterre le vieil homme qui gisait près du point d'eau. Personne, mise à part les autres, n'avait compris pourquoi il voulait ça. Pourtant, son souhait avait été exaucé sans plus d'attente.

Après cela, toute la France avait appris la nouvelle. Thomas (et les autres) avait été couverts d'attention, tandis que Jonas, lui, avait déclenché une nouvelle vague d'inquiétude. Après que la famille de ce dernier ait soutenu la sienne, Thomas ainsi que ses parents, avaient à leur tour aidé celle de Jonas. L'adolescent, en particulier, s'y sentait obligé, même s'il n'aimait pas cela. S'imprégner de leur tristesse, en plus de devoir leur mentir, c'était très difficile pour lui.

Pendant plusieurs mois, les garçons n'avaient plus remis les pieds au collège. Ce choc qu'ils devaient supporter, sans vraiment en parler, était considérable. Mais il ne fallait pas oublier qu'il avait aussi renforcé leur amitié. Quand certains évènements avaient pu les diviser par le passé, cette aventure, elle, les avait réunis. C'était bien l'un des grands points positifs qu'ils pouvaient en tirer.

Voilà donc, comment cette histoire s'était terminée. Avec peine et chagrin, mais également une très grande fierté envers Jonas. Celui que les quatre garçons considéraient comme un héros, leur avait certes causé une tristesse sans nom, mais avait aussi accompli un acte d'un courage exceptionnel. Quelque chose qui n'a pas de prix, et qui n'en aura jamais.

Durant la période qu'ils avaient passée sans retourner en cours, les quatre garçons avaient aussi pris le temps de se dire tout un tas de choses ! Thomas, lui, avait notamment décrit aux autres, la mystérieuse relation qu'avait entretenue Jonas avec l'Ancien. Il leur avait expliqué qu'au cosmos des défunts, le vieil homme s'exilait souvent pour parler au garçon de sujets variés dont il n'entendait que rarement les questionnements. Pendant ce temps, lui restait assis, seul, au milieu d'une clairière infinie, exactement comme celle que l'Ancien avait montrée à Jonas. Enfin, après chaque conversation, l'Ancien revenait près de lui, dans le plus grand des silences. Parfois, il souriait. Parfois, il pleurait. Mais à lui, il ne parlait jamais.

Plus tard, l'adolescent avait raconté à ses amis le moment où il s'était finalement révolté ! Après plusieurs mois durant lesquels l'Ancien avait tout fait pour le garder près de lui, le garçon avait enfin compris la technique qu'utilisait le vieil homme pour parler à Jonas. Il en avait à son tour fait usage, puis, ensuite, les choses étaient allées très vite. Au cours de sa perception confuse, il avait tenté de montrer à Jonas le vrai visage de son kidnappeur, mais celui-ci n'avait eu le temps de voir qu'une mystérieuse main...

Depuis trois mois maintenant, les parents de Quentin et de Théo étaient également revenus s'installer dans la petite ville. Le groupe dissout, avait donc été reconstruit ! Néanmoins, aucun des quatre garçons qui connaissaient la vérité, ne l'avait révélée aux deux amis de retour. Selon eux, c'était mieux ainsi.

Aujourd'hui, s'affrontaient donc six garçons, sur le terrain de basket. Celui-ci semblait avoir retrouvé la joie. Il lui manquait peut-être un joueur, mais il semblait s'en satisfaire. Les pas de Jonas marquaient encore le terrain d'un solide souvenir.

Vers dix-huit heures, les premiers rayons du soleil commencèrent à décliner. Une partie du ciel prit la couleur de l'églantine, et au travers de la luminosité éclatante de l'astre couchant, les nuages eux prirent la forme d'ombres géantes. On aurait bien eu envie de capturer ce magnifique tableau, peint sur la toile de l'horizon.

Soudain, une brise caressa la joue des adolescents. Elle fila plusieurs fois le long de leurs visages, jusqu'à ce qu'un léger vent apparaisse autour d'eux. Bientôt, il s'accéléra. Pris de panique, certains garçons sentirent leurs cœurs battrent très vite. Cela leur rappela la scène traumatisante qu'ils avaient vécue, un an auparavant. Ils commencèrent alors à s'imaginer tout un tas de choses horribles qui pourraient se produire comme la dernière fois. Pourtant, ça ne restait qu'un simple vent.

Celui-ci s'arrêta même très rapidement. Ça ne devait être qu'un rapide autan qui avait fait son passage. Néanmoins, il avait une fois de plus réussi à causer la disparition du ballon. *Bon sang*, se dit Thomas, tout tremblant...

Les six adolescents se regardèrent pour savoir qui allait avoir le courage de partir chercher la balle.

Après presque une minute de silence dérangeant entre eux, Thomas finit par les rassurer :

— Bon, vous avez gagné, j'y vais, déclara-t-il tout compte fait.

— Eh attends ! l'interpella Sam. T'es vraiment sûr mec ?

Le garçon aux yeux marins voulait s'assurer que son ami se sentait vraiment prêt à y aller.

— Certain, répondit Thomas en se retournant.

Tous regardèrent l'ancien kidnappé avec des regards anxieux. Ils avaient peur de le laisser partir seul, mais en même temps, eux aussi angoissaient.

— 'Vas pas trop loin ! ajouta Antoine. Et t'inquiètes pas, on bouge pas d'ici.

En guise de réponse, Thomas leva son pouce en l'air.

Lui-même craignait de retourner chercher le ballon qui l'avait autrefois conduit jusqu'au portail. Mais d'un autre côté, il se disait que cela ne l'aiderait qu'à affronter ses peurs. Il n'en tirerait donc que du positif !

Le jeune homme descendit directement la légère pente en amont du terrain, puis se dirigea rapidement vers la colline. Pour lui, c'était l'unique endroit où il avait des chances de retrouver la balle.

Regardant une dernière fois derrière lui avant de chercher plus profondément dans les hautes herbes qui entouraient le petit mont, Thomas s'aperçut qu'il n'était en vérité qu'à quelques dizaines de pas de ses amis. Eux pouvaient certainement le voir là où il était. Rassuré, il entama alors ses recherches. Tout comme Jonas la dernière fois, il écarta les herbes tout en repoussant les branches. Mais encore une fois, il ne trouva rien... Quand soudain, il crut entendre un son. Une voix. En elle, il y avait un timbre à la fois doux et sûr. « *Cherche dans les fossés...* » lui murmura t-elle dans sa tête.

Sans se poser de questions, le jeune homme écouta la voix. Elle lui inspirait confiance. Il baissa ses pupilles devant lui, et commença donc à arpenter le chemin qui longeait les fossés. Peinant toujours, il reçut un second conseil : « *Grimpe aux arbres...* » lui dit la voix. Avant de s'exécuter, Thomas s'interrogea. Il connaissait cette voix. Mais c'était impossible. Ça ne pouvait pas être…

Il s'accrocha aux branches de l'arbre le plus proche. De là, il se hissa sur ses dernières, et put ainsi avoir un point de vue dégagé sur l'ensemble des longs creux boueux. Bientôt, il aperçut comme une petite tâche d'orange vif, dans un coin. Le garçon s'empressa de descendre de l'arbre, et courut voir à quoi correspondait ce point coloré. Comme il s'en doutait, il arriva près du ballon de basket. Celui-ci était couvert de déchets, et une affreuse nuée de moucherons lui tournaient autour. « Beurk… » murmura t-il. Il le ramassa, et le garda du bout des doigts.

Alors qu'il repartait en direction du terrain, le garçon vit au loin le soleil se coucher. De là où il était, Thomas parvenait à voir équitablement, le ciel, et le sol. Les grands cieux roses, et l'épaisse terre noire se mêlaient à ses yeux. Deux importantes parties du monde qui ensembles pouvaient symboliser tant de choses. Le garçon aurait tant voulu capturer cette image dans son esprit. La garder en tête du moins. C'était le genre de plan que l'on rêverait de mettre dans un film, tant la profondeur de son art arrivait à nous éblouir…

« Bon, au lieu de mater le paysage, tu me ferais le plaisir d'aller marquer un dernier panier avant qu'il fasse noir ? Allez mec, fais moi ton meilleur shoot !» s'écria la voix dans sa tête. Ça y est, Thomas l'avait parfaitement reconnu. C'était quelqu'un qu'il croyait à jamais disparu. Mais qui, comme il le lui avait autrefois dit : « resterait à jamais avec lui ». Là où il était, on devait déjà le nommer sous le nom de l'Echangeur. Mais pour lui, il s'appelait Jonas.

Pris d'un élan de joie, Thomas se mit à courir en

direction du terrain. Là, le match repris en un rien de temps ! On secoua le ballon rapidement, puis les bruits de courses réapparurent ! Les exclamations, joyeuses la plupart du temps, recommencèrent à fuser au milieu de l'obscurité. Les sourires et les yeux pétillants d'innocences, refirent également leur apparition, sans qu'il n'y ait de véritable raison à cela.

Pendant qu'il jouait, Thomas se retint de pleurer. Il était si ému ! Il se rendait compte tout d'un coup que toutes les larmes qu'il avait versées, n'avaient été qu'un dur passage avant qu'il ne retrouve son ami. Il comprit alors, que jamais l'histoire ne se terminerait. Que l'aventure qu'il vivrait tout au long de sa vie, avec Jonas à ses côtés, ne pourrait avoir de fin.

Après avoir marqué de nombreux tirs, l'adolescent décida, tout comme les autres, de rentrer chez lui. Il avait toujours beaucoup d'euphorie en lui, mais maintenant qu'il se trouvait seul, il pouvait méditer. Il se mit notamment à réfléchir à une question : comment pouvait-il être entré en contact avec Jonas ? Comment était-ce vraiment possible ? Normalement, seul un Echangeur pouvait être capable d'entendre la voix des âmes disparues. Alors… Etait-il le nouvel Echangeur ? Non. Jonas lui avait-il transmis de ses dons, en échangeant son âme contre la sienne ? C'était possible.

Mais bon, de toutes façons, peu importait la raison. Car, après tout, qui que l'on soit, les êtres qui nous sont chers ne nous quittent jamais vraiment. Nous n'avons qu'à fermer les yeux pour les revoir. Nous n'avons qu'à écouter ce que nous dit notre cœur pour les entendre. Et nous n'avons qu'à poser la main sur notre poitrine pour sentir leur présence près de nous…

Epilogue :
Un sacré tas d'années plus tard !

*« Enfin vint la nuit,
où tout parut se terminer.
Là où le rêve ne finit jamais... »*

Tout au long de sa vie, Thomas avait évolué avec Jonas à ses côtés. Celui qui semblait l'avoir aimé de diverses façons, avait réussi à maintenir un lien avec lui, tout en accomplissant la mission qui lui était destinée.

D'autre part, Jonas avait-il vraiment été amoureux de Thomas ? Avait-il vraiment eu besoin de considérer cet amour comme un « secret » ? Etait-ce sa disparition qui avait réveillé certaines choses en lui ? Ou bien était-ce son équilibre sentimental, qui avait été bouleversé durant cette dernière, et lui avait fait croire à de faux sentiments ? Malheureusement, c'est quelque chose que l'on ne saura probablement jamais… Dans tous les cas, Jonas avait tenu, tenait encore, et tiendrait toujours à Thomas. Amour, Amitié, Affection… Peu importe ce qu'il avait pu autrefois ressentir. Le principal, c'était qu'il l'ait aimé. Et ne dit-on pas qu'un être qui nous a quitté continue de nous aimer pour l'éternité ?

Si Jonas était parti pour le cosmos des défunts, c'était

avant tout pour y redonner de l'espoir. Pour redonner le sourire à toutes ces personnes, qui comme l'Ancien, n'avait malheureusement pas pu connaître le Monde d'une bonne façon, ne serait-ce que quelques temps. Par ailleurs, ne dit-on pas aussi que ce sont souvent les plus jeunes qui redonnent de la joie à leurs prédécesseurs ?

Peut-être bien, pourtant « jeune », Jonas ne l'était pas. C'était un mot qui ne lui avait jamais convenu. Il n'avait jamais eu la maturité d'un enfant. Inconsciemment, il avait grandi comme tel, mais au fond, il avait toujours été différent. Alors maintenant qu'il exerçait ce dernier pouvoir, don de la garde et de la protection, qu'aurait dû exercer chaque Echangeur sur les défunts, le garçon se sentait enfin lui-même. Adulte ou grand n'auraient pas été les mots pour le décrire. Juste, différent…

Parfois, l'Echangeur racontait à Thomas ce qu'il vivait là-bas. Ce qu'il y apprenait, auprès des personnes décédées. Il faut savoir qu'il y faisait beaucoup de belles rencontres. Il aimait beaucoup protéger et discuter avec les âmes perdues, sans ami et sans famille. Au final, il semblait se plaire là-haut.

Sinon, du côté des trois autres garçons, il s'en était aussi passé des choses ! Tout au long de leur vie, eux aussi avaient été marqués par cette aventure hors du commun. C'était elle qui leur avait permis de comprendre le monde à leur manière. En même temps que l'éducation de leurs parents, c'était elle qui les avait préparés à l'âge adulte d'une certaine façon. Même si, évidemment, la personne de Jonas aussi avait contribué à les faire grandir. L'Echangeur avait été comme un passager de leur vie, qui les avait aidé à se construire, avant de lui-même s'en aller pour accomplir sa destinée.

Grâce à lui, Antoine avait notamment réussi à acquérir la sensibilité nécessaire à une vie souple. Sam, lui, avait appris à aimer sans se cacher. Enfin, Noah n'avait cessé de redoubler de courage.

Par la suite, chacun avait exercé un métier qui lui ressemblait. Antoine était devenu un scientifique de renom. Sam, un explorateur des contrées oubliées. Et Noah, un humoriste de stand-up. C'étaient des professions qui leurs convenaient. Ils avaient beaucoup travaillé, pour avoir la liberté de choisir ce qu'ils voulaient faire. Ils en avaient eu la force ; l'espoir. Seul Thomas avait eu plus de mal à agir. Non pas qu'il ignorait vers où se diriger. Simplement, il avait plus de mal à avancer. C'était certainement à cause de sa relation particulière avec Jonas, qui avait un peu remis son monde en question. Heureusement, ce dernier avait toujours été présent pour le motiver dans les moments importants de sa vie. Pour lui redonner de l'espoir, à chaque instant.

Comme décrit plus tôt, l'Echangeur racontait beaucoup de choses à Thomas. Des choses qu'il apprenait. Un beau jour, où Thomas déprimait, il lui avait notamment dit une chose, qui lui avait à jamais servi pour avancer :

« *D'en haut, j'ai découvert quelque chose,* avait-il commencé. *J'ai découvert que l'Ancien s'était trompé. Autrefois, il m'avait dit que la mort était composée de deux facettes. Le piège accablant, et le repos infini. Mais, c'est faux. L'Ancien n'avait jamais pu comprendre la mort, parce qu'il ne connaissait aucun de ceux qui l'étaient. S'il croyait ça, c'était parce que lui n'avait jamais pu profiter. Il se croyait maudit pour l'éternité.... Ah, la mort n'est certainement pas une chose simple ! Et je n'en connaîtrai jamais tout, car je ne connais pas tous les morts. Cependant, avec l'aide de ceux que j'ai rencontré, j'ai réussi à en déduire une chose. La vie n'a que deux facettes : la bonne et la mauvaise. Mais la mort, elle, une infinité. Et ce sont ceux qui auront tenté de vivre leurs rêves, qui y passeront le plus de bon temps. Ce sont ceux qui auront choisi de rebondir après le passage de la mauvaise facette, qui s'y sentiront le mieux. Alors, ceux-ci sauront que la mort n'est pas une si mauvaise chose, si l'on a rien oublié. Qu'il est inutile de freiner sa liberté. Qu'il est injuste de ne pas ambitionner ses espoirs. Qu'il est stupide de ne pas s'aimer... Car comme on dit « On a qu'une seule vie ! ». Et même si elle ne nous gâte pas toujours, ce n'est pas cela qui doit nous empêcher de croire en nos rêves. S'il te plaît Thomas, promets moi de ne jamais oublier cela...».*

D'abord surpris par ce message quelque peu inhabituel, Thomas avait ensuite compris. Il s'était toujours rappelé cette ultime phrase. Car c'était ce qu'il fallait faire.

Après cela, il avait donc vécu selon ce que lui avait dit l'Echangeur. Il avait eu une femme et deux enfants, comme il le souhaitait. Il était également devenu une star de cinéma, ce qui avait toujours été son rêve. Et puis bien sûr, il s'était beaucoup fait plaisir aussi. Car après tout, que serait la vie sans plaisir ? Il en avait ainsi profité… Alors, quand Jonas lui semblait avoir compris certains aspects de la mort, Thomas lui, semblait avoir compris la vie. Il savait à présent que c'était un passage de notre existence qui se doit d'être beau. Sans colère, sans égoïsme et sans prétention. Il avait compris qu'elle se devait d'être une chose à la fois simple, libre et poétique. Pour qu'ensuite, quand viendrait la mort, tous soient près à en profiter sans n'avoir rien oublier.

Chaque année, Thomas avait par ailleurs effectué le voyage que Jonas avait autrefois accompli. Au début, il avait simplement suivi les feux de camps toujours à moitié présents. Cependant, les phrases, elles avaient été effacées au fil du temps. Thomas les avaient alors remplacées, à chacun de ses voyages, par « Ici passa la troupe du SEUL ET VERITABLE Echangeur ». Puis bientôt, il avait lui-même tracé le chemin sur sa carte. De la limite du Centre jusqu'au milieu des Alpes ; des allées fluviales jusqu'aux montagnes enneigées, en passant par les plaines vertes infinies. Tous les ans, c'était comme un retour à la nature pour lui. Un retour à l'essentiel, en guise d'hommage pour celui qui lui avait permis de vivre sa vie, et qui encore aujourd'hui, le soutenait toujours là où il était.

Ainsi, les deux amis d'antan vécurent chacun une aventure parallèle, dans deux mondes différents, tout en restant en perpétuel contact. Pendant que Jonas lui arpentait les prairies enchantées du cosmos des défunts, Thomas de son côté, continuait de tracer sa route sur le chemin ardu de la vie ! La seule différence qu'il y avait selon l'Echangeur, c'était que les années passaient plus vite au cosmos des défunts. Il avait vraiment l'impression qu'un jour en valait cent.

Aujourd'hui, des dizaines d'années étaient passées depuis le départ de Jonas. Nous étions précisément le vingt mars, journée qui symbolisait le passage de l'hiver au printemps. Un renouveau attendu pour cette nature, si fragile ces temps-ci. De belles feuilles allaient recommencer à pousser au bout des branches, et de magnifiques fleurs allaient germer prochainement. Pourtant, ce ne fut pas ce passage annuel qui marqua cette journée. Non car aujourd'hui, deux évènements très importants de la vie de Thomas se produisirent. Le premier, fut son quatre-vingt-dix-septième anniversaire, évènement plus que joyeux. Le second, fut sa mort.

Dans sa famille, tout le monde disait qu'il lui restait encore beaucoup à vivre. Mais pour lui, il était temps de mourir depuis bien longtemps. Contrairement à beaucoup d'autres, Thomas n'avait (presque) jamais craint la mort. Car d'une certaine façon, il la connaissait déjà. Et il avait aussi réussi à faire tout ce qu'il voulait avant de partir. Alors, quand cette nuit, elle vint à lui, il l'accepta sans le moindre caprice…

A cet instant, il était couché dans le vieux lit de la chambre, enroulé de draps blancs et de couvertures multicolores. Il avait les yeux à moitié fermés, et l'on pouvait à peine discerner ses iris noisette sous ses paupières lourdes. Ses bras et ses jambes eux s'étaient déjà immobilisés depuis quelques minutes, et il n'avait maintenant plus que le minimum pour entendre, sentir, et voir.

Ces pupilles fragiles fixèrent alors une dernière fois : les étoiles par la fenêtre. Celles-ci brillaient très haut dans le ciel. Comme une pluie de diamants, figés, à travers le temps. Pourtant, cette pluie, Thomas la sentait sur lui ? Oui, ces milliers de petites goûtes lui tombaient dessus, s'écrasaient tendrement sur son vieux visage. Parsemaient sa peau ridée, et s'évaporaient ensuite comme une poudre étincelante… Ah, ces belles étoiles qu'observait Thomas l'incitaient aux rêves. Il ressentait ainsi pour la dernière fois ce sentiment de liberté que l'on peut rarement éprouver en dehors du sommeil. Le vieil homme qu'il était devenu s'évadait maintenant dans son ultime rêverie.

Puis, au bout d'un certain temps, arriva ce qui devait arriver. La tête tournée vers la fenêtre, les doigts crispés le long du drap chaud, un joli sourire sur son visage, l'ancien disparu repartit pour l'au-delà.

Tout d'abord, il n'y eut qu'obscurité. Du noir, du noir, encore et encore, à perte de vue. Thomas remarquait déjà que ce n'était pas comme la dernière fois. Son départ pour un nouveau monde, ne se fit pas comme celui qu'il avait autrefois subit. Ou du moins, pas exactement…

Subitement, il entendit, comme venu d'un espace lointain, une musique. C'était une douce mélodie de piano, qui parfois s'accélérait, accompagnée par le dynamique son d'un violon. Puis soudain, il y eut autre chose. La couleur triste, qu'il avait face à lui, disparut. A la place, une lente série d'images commença à défiler sous ses yeux. Comme une sorte de diaporama. Thomas ne mit que peu de temps à comprendre de quoi il s'agissait. Il était sur chaque image ; chaque photo. Elles semblaient retracer sa vie. De bout en bout, elles lui montraient tout ce qu'il avait traversé…

C'est ainsi, qu'il put d'abord se redécouvrir dans les bras de ses parents, tout tendre avec lui. Puis, il vit petit à petit son corps tout mignon de bébé grandir. Ses premiers pas, sur le parquet de la chambre à coucher. Les visages qu'arboraient ses parents étaient si émouvants. Ils paraissaient déjà si doux avec lui à cette époque. Si protecteurs.

Une série de photos plus loin, Thomas pu revoir son arrivée à l'école maternelle. Son entrée difficile près du grand portail vert, les sourires une nouvelle fois rassurants de son père et de sa mère. Les bras grands ouverts de la maîtresse, qui avait fini par l'accompagner dans la petite cour de graviers. Le petit garçon blond près de lui, qui lui aussi paraissait abandonné. Un petit bonhomme aux yeux verts, qui lui avait adressé un bref sourire ce jour là, mais qui paraissait tout aussi timide que lui. Quelqu'un qui deviendrait d'abord son ami, et puis bien plus tard, quelqu'un d'encore plus important.

Les passages suivants furent assez rapides. Les années de maternelles et de primaires se succédèrent rapidement sous ses yeux, mêlant surtout disputes immatures et autres chamailleries futiles, que l'on a tous durant cette période de l'enfance.

Peu après, arrivèrent alors les années collèges... L'adolescence, la puberté, et tout ce qui va avec quoi ! Ces petites crises incessantes, ces premiers désirs, la découverte de ce que l'on veut vraiment. Pourtant, pour Thomas, ce n'était pas cela qu'il l'avait le plus marqué pendant cette phase. Non, ce qui lui avait véritablement laissé une trace, c'était cet extraordinaire évènement qui avait à jamais changé sa vie. Sa capture vers un autre monde.

Il se revit soudain, se faire enlever par le vieux monsieur aux iris noirs, rester de nombreux mois à ses côtés, au milieu d'un monde dont il ne connaissait rien. Le mal qu'il avait ressenti lui réapparut alors brusquement. Des images de lui, assis, perdu au milieu d'une clairière vierge, lui rappelèrent le désespoir qu'il avait longtemps ressenti.

Heureusement, d'autres choses bien plus douces arrivèrent par la suite. Il revit l'instant où Jonas et lui s'étaient dits adieu, à genoux sur la neige des Alpes. Puis, quelques mois plus tard, l'autre instant où il avait compris que jamais son ami ne l'avait quitté, et que grâce à l'affection qu'ils éprouvaient l'un envers l'autre, rien ne pourrait jamais les séparer…

Les années qui avaient suivi cela, les premières années où Jonas l'avait conseillé, parurent également rapides pour Thomas. Ce fut le temps au cours duquel il reçut surtout de nombreux diplômes d'études, où il passa vraiment d'adolescent à adulte. Les fêtes, les amis qui grandissent… Tout cela, Thomas le revit, avec à l'intérieur de son esprit, un grand sourire aux lèvres.

La période qui s'était ensuite écoulée (de sa 25e à 35e année de vie) pouvait être décrite de bien des manières. Néanmoins, aux yeux de Thomas, elle représentait sans le moindre doute, ce qu'il aurait pu nommer comme : « la plus belle époque de toute sa vie ». Durant celle-ci, il avait notamment réussi à intégrer le milieu rêvé du cinéma, et avait ainsi tourné ses premiers courts-métrages, avant d'enchaîner sur des projets bien plus ambitieux, et finir par atteindre un rang remarquable !

Au cours du même temps, Thomas put aussi redécouvrir, celle avait qui il avait partagé sa vie. Sa magnifique femme, prunelle de ses yeux, ange aux cheveux de jais. Une photo toute particulière l'émut plus que les autres. C'était son premier baiser. Sous les flocons de neige, entouré d'une foule de passants. Au milieu d'un boulevard américain, où il avait également demandé « sa ravissante Laura » en mariage. A l'époque, celle-ci lui avait d'abord adressé un sourire gêné (se demandant sans doute si une place publique était le bon endroit pour répondre à cela). Et puis au final, elle s'était sentie si touchée, si émue, qu'elle s'était mise à hurler sa réponse ! « *Oui !* ». Les passants autour du couple avaient alors applaudi gaiement, ainsi que Jonas dans l'esprit de Thomas, qui décidément grandissait bien vite pour lui qui l'observait d'en haut.

Après le mariage, était donc venu le temps des naissances. Les mariés avaient rapidement décidé de donner vie à des êtres avec qui ils pourraient partager leur vie. Il s'avrera donc, que l'épatante femme de Thomas, donna naissance à une toute aussi épatante petite fille ! Le vieil homme qu'il était devenu, revit alors le moment où il avait porté pour la première fois la toute petite chose dans ses bras tremblants. Le sourire sensible qu'il avait adressé au bébé, et puis le prénom, qui lui fit comme un écho dans son esprit. *« Sarah »*...

Trois ans après la naissance de la jolie Sarah, dynamique comme une fusée, et rigolote comme son parrain Noah, était arrivé un second enfant. Celui-ci s'était cette fois révélé être un petit garçon. Les amoureux n'avaient alors eu aucune peine à trouver un prénom. *« Jonas »*…

Ainsi passa donc la vie de cet homme au destin extraordinaire. Pendant les années qui suivirent, il continua sa carrière de cinéaste, en s'améliorant toujours un peu plus, à chaque film réalisé. Aussi, il publia un livre qu'il avait écrit étant enfant. Celui qui contait l'aventure de quatre courageux garçons à travers les régions françaises, avec, à la toute fin, le sacrifice d'un des leurs, et son départ pour un nouveau monde.

Durant toute la durée de sa vie, Thomas s'était aussi assuré, de prendre beaucoup de temps pour ses proches. Car pour lui, la famille était une chose qui dépassait tout le reste. Alors oui, à cause de cela, il avait peut-être perdu contact avec Jonas quelques fois. Mais sans jamais l'oublier. Chacun avait ses responsabilités, et chacun se devait de les respecter. Malheureusement, on doit parfois s'éloigner des premiers venus pour aller s'occuper d'autres.

Heureusement, Jonas était souvent revenu à ses côtés pour les grands moments de sa vie. Notamment celui de la naissance de ses petits enfants. C'était des moments si émouvants. D'ailleurs, lorsqu'il en revit les images, le vieil homme eut même envie de verser quelques larmes. Après quelques années, il avait finalement hérité de quatre petits anges beaux comme le jour. *C'est un bon chiffre « quatre »*, s'était-il dit. *Ce n'est ni trop, ni rien non plus...* C'était juste ce qu'il lui fallait pour être heureux.

Enfin, après toute une vie de bonheur et de travail, d'amour et de rêves, Thomas put revoir des instants dont il se rappelait encore nettement. Ses dernières années de vie, des passages lents de son existence, où il n'avait plus fait grand-chose. Les photos de lui âgé, assis ou couché, lui parurent presque inintéressantes, jusqu'à l'arrivée de la toute dernière image. La pluie d'étoiles…

A partir de là, tout redevint noir. La musique ralentit, puis disparut complètement. Une nouvelle fois, le silence dura. Qu'allait-il se passer maintenant ? La « mort », comment allait-il la connaître ? Allait-elle être belle comme il l'imaginait au moins ?

Il n'eut finalement point le temps de réfléchir. Car soudain, sortie de nulle part, surgit une puissante lumière ! Elle était vive, oui très vive ! Thomas n'en avait jamais vu de plus éblouissante que celle-ci. Il se tenait debout, au milieu d'une immense étendue blanche. Perdu, au milieu d'un endroit qu'il semblait pourtant connaître.

Loin devant lui, il s'aperçut rapidement que quelqu'un approchait.

Il observa tout autour de lui : ces plaines infinies, cette herbe illuminée, ce ciel sans limite, cette blancheur immaculée... Le vieil homme finit par s'étourdir lui-même. Mais bientôt, il fut rattrapé par autre chose. Une main se posa sur son épaule. Il fit volte-face, et le vit, lui.

Une émotion comme on n'aurait pu la décrire, traversa ses yeux. Des larmes commencèrent à perler ses joues, qui elles même se plièrent après qu'un sourire fragile ait commencé à se dessiner sous ses traits. Il crut même avoir poussé un cri de joie en le découvrant, tellement le choc était puissant !

Un jeune homme aux cheveux blonds foncés se tenait face à lui. Il avait des yeux aussi verts que les feuilles d'un arbre, et faisait à peu près sa taille. Il y avait une expression malicieuse sur son visage, une peau parfumée d'amour et un regard plein de vie. Un air heureux, et en même temps, si sage.

Les deux âmes se fixèrent. Toutes deux eurent une sensation de nostalgie. C'était comme au bon vieux temps... Ce moment unique, évoqua à Thomas une magnifique phrase qu'il avait autrefois entendue : « *Le moment de notre vie où un proche vient à partir est toujours un moment difficile. Mais au bout d'une vie, et quoiqu' il arrive, nous retrouvons toujours les êtres qui nous étaient chers... ».*

Ceci était l'histoire de deux garçons aux destins extraordinaires. L'un avait un visage ridé par la vie. L'autre une belle peau lisse, préservée à travers les années. Le premier avait trouvé sa voie. Le second aussi. Chacun avait vécu loin de l'autre. Mais à présent, tous deux étaient enfin réunis. Après beaucoup d'attente, ils allaient enfin pouvoir profiter pleinement de cette nouvelle vie. Et c'était le principal.

« Il faut faire de sa vie une poésie pour que notre mort en comporte les plus beaux vers. »

Remerciements :

A travers ce monde merveilleux qu'est l'écriture, j'ai compris qu'il y avait néanmoins des difficultés. Des obstacles que je n'aurais jamais pu surmonter si les personnes que je vais citer ci-dessous, n'avaient pas été là au bon moment. Parfois, il ne suffit que d'un seul instant, une simple parole, pour trouver la force et le courage nécessaire d'aller au bout de son projet. Un joli regard qui nous fera croire en nous. Une petite phrase qui nous indiquera que tout est possible, et que la meilleure manière de réussir, c'est de rêver. Ces personnes m'ont toutes plus ou moins apporté quelque chose qui m'a aujourd'hui permis de vous faire lire ceci. Et c'est avec cette partie subtilement intitulée « Remerciements », que j'aurais voulu leur adresser un sincère « Merci ».

Tout d'abord, « Merci » à ma mère, première lectrice, première à m'encourager, et première à me féliciter. Merci pour son aide précieuse et tout l'amour qu'elle me porte au quotidien. Ensuite, « Merci » à mon enseignante de CM2, qui m'aura, durant cette année scolaire passée, tant fait croire en moi. « Merci » à tous mes amis (que je ne juge pas nécessaire de citer, ils savent l'affection que je leur porte) à qui je n'ai cessé de parler de mon projet, et qui eux n'ont cessé de m'encourager. « Merci », à tous ces artistes, hommes et femmes, écrivains comme réalisateurs, qui m'inspirent au quotidien de part leurs exploits et leur détermination. « Merci » à mes grands parents, qui même s'ils n'étaient pas au courant de ce projet, m'auront offert leur plus bel éclat de joie en guise de récompense. « Merci » à mon père, que j'aime de tout mon cœur. Merci à ma sœur pour son soutien. Enfin, un grand « Merci » en particulier à mon meilleur ami, mon frère, celui avec qui j'ai grandi, et avec lequel je continuerai de grandir, au fur et à mesure de nos rêves réalisés. Je pense qu'il se reconnaîtra.

D'autre part, je profite également de cette partie « Remerciements » pour dédier ce livre à deux hommes que j'ai connus, mais qui aujourd'hui, sont « partis ». L'un d'eux était un amoureux de la mer, l'autre un amoureux de la terre. Le premier n'était nul autre que mon grand-père, et le second, celui de mes cousins. Les deux aimaient la vie. Les deux nous font encore rêver aujourd'hui, lorsque l'on pense à eux. Ainsi, j'aurais aimé leur rendre hommage.

... Merci à tous de m'avoir permis de rêver, oser et de ne jamais abandonner !